Susanne Mischke, 1960 im Allgäu geboren, »schreibt richtig schön gemein« (*Brigitte*). Sie veröffentlichte bislang elf Romane, zahlreiche Erzählungen und zwei Drehbücher. 1996 wechselte sie mit dem Roman *Mordskind* ins Krimigenre. Für *Wer nicht hören will, muss fühlen* erhielt sie 2001 den Frauenkrimipreis »Agathe«. Zuletzt erschien *Liebeslänglich* (Piper Verlag). Mehr zur Autorin unter www.susanne-mischke.de

Susanne Mischke

SAU TOT

Krimi * Nautilus

KALIBER .64

Edition Nautilus
Verlag Lutz Schulenburg
Alte Holstenstraße 22
D-21031 Hamburg
www.edition-nautilus.de

Die Krimireihe
»Kaliber .64« wird
herausgegeben von
Volker Albers

Umschlaggestaltung:
Maja Bechert, Hamburg
www.majabechert.de
Originalveröffentlichung
Erstausgabe Januar 2007
Printed in Germany
1. Auflage
ISBN 978-3-89401-542-8

Samstag

Hermine schläft. Bilder und Düfte eines rosaroten Traums lassen ihre blonden Wimpern flattern. Es ist heiß. Ihr Puls geht flach, der Atem rasselnd. Der Knall durchdringt ihre Ohrmuschel, ein Stromschlag jagt durch ihre Nervenbahnen. Der schwere Leib bäumt sich auf, die Beine treten ins Leere. Sie röchelt, aber die stickige Luft erreicht ihre Lungen nicht, kein Sauerstoff dringt mehr ins Gehirn vor. Der Herzschlag, eben noch ein holpriger Galopp, setzt aus, die wässrigblauen Augen quellen hervor. Dann schwinden ihr die Sinne. Das Rückgrat krümmt sich noch einmal, zuckt in Agonie, bis auch das aufhört.

Die Schreie der anderen, ihre Totenklage, hört Hermine nicht mehr.

Der Schuss fällt in der Morgendämmerung. Sofort ist Lina hellwach. Steif aufgerichtet sitzt sie in ihrem Bett, die Decke ans Kinn gezogen. Wieder ein Schuss, dumpf und dröhnend, schweres Geschütz. Ihre Füße gleiten in die Pantoffeln, sie wankt zum Schrank, zerrt das gute Kleid vom Bügel und streift es über das Nachthemd. Die Knöpfe bleiben offen, dafür ist keine Zeit. Das Geld! Mit der ganzen Kraft ihrer Arme stemmt sie die Matratze hoch. Der Umschlag ist weg. Wieder fällt ein Schuss, das Zimmer bebt. Geld hin oder her, jetzt heißt es fliehen, das nackte Leben retten. Aber warum hat man sie eingeschlossen, jetzt, wo der Feind vor dem Dorf steht, nein, schon da ist. Mein Gott, man weiß doch, was diese Bestien Frauen und Kindern antun!

»Heide!« Von Panik erfüllt rüttelt sie an der Türklinke. »Heide, versteck dich im Stall!« Ihre Stimme gellt durch das Zimmer und klingt fremd in den eigenen Ohren. Ein weiterer Schuss lässt Schranktür und Fenster zittern.

»Heide, flieh! Nimm die Flinte mit und schieß jeden gottverdammten Russen über den Haufen, jeden, hörst du!« Die knochigen Fäuste hämmern gegen die Tür. »Hier bin ich! Nehmt mich, ihr Bestien. Kommt schon her, ihr feiges Gesindel!«

Ein Schlüssel schabt im Schloss. Sie weicht zurück, sieht sich um. Einen will sie mit ins Grab nehmen, wenigstens einen! Aber es ist nichts zur Hand, kein Schürhaken, kein Stock, keine Pfanne. Nur eine Wasserflasche, aber die ist aus Plastik.

Wieder ein Schuss.

Die Tür geht auf. Hände greifen nach ihren Schultern und schütteln sie.

»Ganz ruhig, es ist nichts passiert.«

»Heide, du musst dich verstecken, schnell, die Russen …«

»Tante Lina, ich bin es, die Katharina. Und das sind nicht die Russen. Es sind diese Idioten vom Dorf, die da herumballern. Heute ist Tommsens Hochzeit.«

Linas Augen werden groß. »Kati …?«

»Geh wieder ins Bett, Tante Lina, es wird gleich aufhören. Ich muss nach den Schweinen sehen. Mein Gott, die armen Viecher …«

Rapsduft liegt wie eine schwere Decke über dem Dorf. Keine Wolke trübt den blassblauen Himmel. Es ist viel zu heiß für Ende Mai. Die Menschen, die sich unter den Kastanienbäumen versammelt haben, stöhnen. Schminke zerfließt, Schweißperlen sammeln sich auf Glatzen und Oberlippen.

Aus dem Inneren der Kirche dringen gedämpfte Orgelklänge nach draußen. Der Wind frischt auf. Er trägt die Töne über den Rasen bis in die Baumkronen, bläht die Röcke der Blumenmädchen, zerzaust die Frisuren der Damen und kühlt die verschwitzten Nacken der Feuerwehrmänner. So willkommen der Luftzug ist, so führt er doch leider auch eine würzige Brise mit sich.

»Muss die Lenzen ausgerechnet jetzt die Stalllüftung anmachen?«, schimpft der Ortsbrandmeister.

»Warum ist die eigentlich nicht hier?«, fragt Thea Sand.

»Die muss doch immer aus der Reihe tanzen«, bemerkt Annegret Mohr, die hagere Metzgersfrau.

Tanzen. Tanzen ist das Stichwort, das Thea in Unruhe versetzt. Ihre achtköpfige Gymnastikgruppe wird nachher, zwischen Kaffee und Abendessen, auf der Saalbühne des Goldenen Hirschen den Bananentanz vorführen. Hoffentlich, fleht Thea zum Himmel, hoffentlich bleiben die Damen dieses Mal lange genug nüchtern. Bei der letzten Aufführung, anlässlich der goldenen Hochzeit des Altbürgermeisters, gab es einen Bänderriss und viel Gelächter.

Heute heiratet Holger Tommsen, der Sohn des größten Bauern. Endlich, wie viele hinter vorgehaltener Hand tuscheln. Es gilt, das frisch getraute Paar zu betrachten und hochleben zu lassen. Und während vor dem Altar Braut und Bräutigam ihre Schwüre leisten, stöhnt man draußen über die Hitze, scharrt ungeduldig mit den Füßen und beneidet die, die im Kühlen sitzen. Nur wenige Dorfbewohner haben hinter den dicken Mauern der kleinen Kirche Platz gefunden. Die Verwandtschaft der beiden Brautleute hat fast alle Bänke besetzt.

»Meinem Karl verbrennt es garantiert die Platte.« Hertha Kotte, die Bäuerin des zweitgrößten Hofes am Ort, fächelt sich mit ihrem Strohhut Luft zu. Der Schweinedunst hat sich verzogen und dem erstickend süßen Duft Platz gemacht, den die Rapsfelder verströmen. Wie hingeworfene Teppiche liegen sie rund um das Dorf, grellgelbe Vierecke zwischen dem satten Grün des noch jungen Korns.

»Die Kati Lenzen denkt doch nicht an andere. Die lebt nur für ihre Schweine«, behauptet Rosemarie Lemke, die Frau des Bürgermeisters.

»Aber dass sie die verrückte Alte nicht ins Heim gibt, muss man ihr hoch anrechnen«, findet Hertha.

»Hört auf zu gackern, ihr Hühner«, tönt die sonore Stimme des Ortsbrandmeisters Karl Kotte aus der Reihe des Feuerwehrspaliers. Stramm stehen sie da, mit roten Köpfen, die Backen rasiert, die Schuhe poliert.

»Es geht los.«

Das Portal wird aufgestoßen, Menschen quellen ins Freie, Hochrufe werden laut. Die kleinen Mädchen schleudern Reis und Blüten auf das Brautpaar. Holger, stattlich und stolz, grüßt seine Kameraden von der Feuerwehr mit einem saloppen Winken. Die Braut hängt schwer an seinem Arm. Wild läuten die Glocken vom Kirchturm.

»Ach, irgendwie sind doch alle Bräute ganz hübsch«, seufzt Rosemarie.

»Hübsch muss eine Bäuerin nicht sein. Arbeiten muss sie können«, brummt die Metzgersfrau Annegret, die beim Anblick der rosigen Braut unweigerlich daran erinnert wird, dass ihr Ernst heute früh acht Spanferkel küchenfertig an den Goldenen Hirschen geliefert hat.

»Er ist ja auch nicht mehr der allerjüngste Bräutigam«, stichelt Thea Sand, selbst frisch geschieden. »Mit vierunddreißig …«

»Den alten Tommsens hat doch nie eine gepasst.« Bei diesen Worten reibt Hertha Kotte den Daumen gegen die anderen Finger ihrer rechten Hand. Ihre Finger sind rot und dick, der Ehering sitzt tief im Fleisch. Ihr Thomas ist mit dreißig ebenfalls noch ledig. Für Bauernsöhne ist es nicht einfach, eine passende Frau zu finden. So eine dahergelaufene Polin oder Russin kommt ihr jedenfalls nicht auf den Hof.

»Das Land, das ist es. Deswegen hat der alte Tommsen der Sache gehörig nachgeholfen, wetten?« Niemand widerspricht Herthas Vermutungen. Außerdem gehen die Tommsens gerade an ihnen vorbei. Knut Tommsen in feierlichem Schwarz, das Doppelkinn vom Kragen eingeschnürt, Erika großgeblümt und mit zementiertem Dauerwellenhügel. Ihnen folgen die Wernickes – ein grauhaariges, zusammengeschnurrtes Paar, dessen knorzige Mickrigkeit ihre große, stämmige Tochter geradezu elefantös erscheinen lässt.

»Der Teufel scheißt immer auf den größten Haufen«, murmelt Annegret.

»Ich sag da nur: Fahne drüber und für Deutschland!«, dröhnt eine Männerstimme hinter ihnen.

»Jan! Reiß dich gefälligst zusammen«, zischt Rosemarie Lemke.

Jan Lemke trägt ein weißes Kunstblumensträußchen am Revers und grinst.

»Bring du erst mal selbst eine an, bevor du solche Reden schwingst«, entgegnet Thea und tippt mit ihrem rot lackierten Fingernagel gegen seine Uniformjacke. Sie spannt ein bisschen um die Goldknöpfe herum.

»Ich werde nur durch den Tod aus dem Club der Junggesellen ausscheiden!«, verkündet Jan.

»Jawoll!«, tönen seine Freunde Thomas Kotte und

Markus Sand im Chor und nicken dazu wie die Wackeldackel.

Thea tippt sich nur an die Stirn, sie hat keine Lust, sich jetzt mit ihrem Sohn zu streiten. Markus ist vierundzwanzig, da ist noch Zeit.

Auch Jans Mutter Rosemarie verdreht lediglich die Augen und zupft nervös am gewagten Ausschnitt ihres kleinen Schwarzen. Sie kennt die Einstellung ihres Sohnes zu Frauen – mitnehmen, was geht, aber sich nicht binden. Einzig für Kati Lenzen hätte er wohl eine Ausnahme gemacht. Aber die hat ihren Jan nur wie ein Spielzeug benutzt, Schlampe, die! Die Abfuhr hat ihn seinerzeit schwer getroffen, auch wenn er sich nichts hat anmerken lassen. Aber eine Mutter spürt so etwas.

»Komm, Jan, die sägen, das sehen wir uns an.« Thomas und Markus ziehen ihren Anführer am Arm davon.

Dem Brauch gehorchend muss das frisch vermählte Paar nun einen Baumstamm durchsägen. Die Anstrengung lässt das Gesicht der Braut fleckigrot anlaufen, aber darauf achten die wenigsten, denn ihre drallen Brüste drohen jeden Augenblick aus dem Kleid zu springen, worauf besonders die Abordnung der Landjugend spekuliert, die wie eine Schar Krähen auf der Kirchenmauer hockt. Holger, ebenfalls schwitzend, bellt Kommandos, die Menge brüllt Anfeuerungsrufe, die Braut sägt, dass ihr der Schweiß nur so hinunterläuft. Dann, endlich, ist der Stamm durch.

In den aufbrausenden Jubel mischen sich schrille Töne. Die Jägerschaft hat sich zusammengerottet und bringt dem Brautpaar ein Ständchen. Schon heute früh um sechs haben sie die Gemeinde aus dem Schlaf gerissen mit zwölf Salutschüssen und dem anschließenden *Hohen Wecken*. Jetzt schmettern die Jagdhörner die *St. Hubertus Fanfare*, den *Jägermarsch*, die Signale *Hirsch tot*, *Sau tot* und – es wird auch langsam Zeit – *Zum Essen*.

Die Feuerwehr tritt in Aktion und riegelt die Dorfstraße ab. Über dem Asphalt flirrt die Luft. Holger schiebt seine Braut auf die wartende Kutsche. Das Blumenbukett liegt auf dem Kutschbock wie welker Salat. Der Kutscher schnalzt mit der Zunge, die Pferde setzen sich in Bewegung. Wie eine träge Raupe schiebt sich der Tross die Dorfstraße hinunter.

Tanja Wernicke steht vor dem Spiegel der Damentoilette und wischt mit dem Puderschwämmchen über ihre glänzende Nase. Auch die Wimperntusche ist schon wieder zerlaufen. Kein Wunder, der Saal kocht. Gerade führen die Gymnastik-Damen den Bananentanz vor. Die Hochzeitstorte mit dem Plastikpärchen obendrauf ist angeschnitten, die Damen picheln Sekt und Likörchen. Die Männer haben den ersten Klaren schon mittags gekippt, dem Spanferkel hinterher.

Ihre Hochzeit. Es fühlt sich immer noch an wie etwas Fremdes, das gar nicht ihr passiert, sondern bloß einem Abbild von ihr. Aber da hilft alles nichts: Sie, Tanja, ist heute die Braut.

Wer hätte das gedacht, vor gut einem Jahr, als Holger Tommsen sie beim Osterfeuer hinter den Getränkewagen der Landjugend gezerrt und ihr zwischen den Bierkisten die Zunge in den Hals gesteckt hatte? Nach Zwiebel und Schnaps hatte er gerochen, das weiß sie noch, obwohl auch sie zu dem Zeitpunkt schon nicht mehr ganz nüchtern war. Wenige Wochen darauf, beim Mai-Singen, winkte Holger ihr zu und wurde sogar ein bisschen rot dabei. Kaum zu glauben: Holger Tommsen machte ihr, Tanja, den Hof. Da konnte Jan Lemke noch so sehr lästern und sein Gift verspritzen: »Zwei Liter *Herrenhäuser* machen sogar ein Schwein schön, prost, Holger!«

Wenn Jan lächelt, dann ähnelt er Robbie Williams, deshalb kann Tanja ihm nicht böse sein.

Ach, Robbie. Heute startet seine Europa-Tournee, in Dublin. Sie denkt an ihr Zimmer, in dem sie heute früh das Brautkleid angezogen hat. Die Poster müssen leider dort bleiben. Es würde Holger bestimmt nicht gefallen, wenn sie im Schlafzimmer Robbie Williams an die Wände pinnt. Aber vielleicht kann sie ja eines in der Küche aufhängen, an den Kühlschrank.

Hinter ihr rauscht eine Toilettenspülung und eine Tür geht auf.

»Hallo, Tanja, hier bist du. Wolltest du dir auch den Auftritt der Hupfdohlen ersparen?«

Tanja nickt Kati Lenzen im Spiegel zu. Kati trägt Jeans und eine blaue Leinenbluse. »So geht die zu einer Hochzeit!«, werden die anderen Gäste hinterher tuscheln.

»Alles Gute zur Hochzeit, Tanja!« Kati lächelt Tanja an und drückt sie an sich, als wären sie alte Freundinnen. Dabei kennen sie sich kaum. Kati ist acht Jahre älter als Tanja, fast schon eine andere Generation. Wie kühl ihre Wangen sind, trotz der Hitze.

Kati Lenzen wäscht sich die Hände mit den vielen Ringen und fährt mit einem Kajalstift um ihre Perlmuttaugen, die das schmale, blasse Gesicht beherrschen. Tanjas Augen sind zwei kleine, wasserblaue Schlitze, und wenn sie lächelt, so wie jetzt, verschwinden sie völlig zwischen dem Zuviel an Fleisch. Trotzdem kann sie zusehen, wie Kati mit einem Kamm, den sie aus der hinteren Tasche ihrer Jeans gezogen hat, durch ihr Haar streicht. Es hat die Farbe von Bitterschokolade und fällt in einer sanften Welle bis auf die

Schultern. Tanja hat ihre blonden Flusen zur Feier des Tages in Löckchen legen lassen, die sich nun unter dem Schleier heraus um ihre glühenden Wangen ringeln. Da hilft kein Make-up und kein Puder. Schon seit ihrer Kindheit ist das so: Auf allen Farbfotos sieht sie aus wie ein rosiges Ferkel. *Schweinegesicht* haben sie sie im Kindergarten genannt. Später, in der Schule, *pig face*.

Kati anzusehen ist dagegen so, als würde man eine schöne Katze betrachten.

Kati ist keine von denen, die Tanja immer nur mitleidig anschauen, wenn überhaupt. Wie sie ihr nun im Spiegel verschwörerisch zuzwinkert – als wären sie Freundinnen. Das tut gut. Tanja hätte gerne eine Freundin wie Kati, es würde ihr nichts ausmachen, der häßlichere Teil des Duos zu sein. Es ist ihr auch egal, dass man im Dorf behauptet, Kati sei verrückt. Warum eigentlich? Weil sie mit dreißig anstatt eines Eherings lieber einen Ring am Nasenflügel trägt?

»Danke, dass du noch gekommen bist«, sagt Tanja.

»Ich wäre gerne auch schon in der Kirche dabei gewesen, aber es ging nicht, wegen Tante Lina. Sie hat sich furchtbar aufgeregt über die Schüsse. Es hat sie an früher erinnert.«

»Das macht doch nichts«, versichert Tanja und spürt, wie sie noch röter anläuft. Rasch verschwindet sie in der Kabine der Toilette.

»Soll ich dir beim Pinkeln helfen? Ich meine, mit dem Kleid?«, fragt Kati.

»Nein, nein, es geht schon«, versichert Tanja. »Das ist nett von dir«, fügt sie noch hinzu. Dann schlägt die Tür hinter Kati zu, und Tanja verlässt kurz nach ihr die Toilette. Sie muss gar nicht pinkeln, sie schwitzt alles raus.

Der Flur ist schmal und dunkel und riecht nach Bratfett. Links geht es zurück in den Saal, wo man gerade applaudiert und pfeift, rechts führt der Gang zum Hinterhof. Die Tür ist offen. Vielleicht kann sie sich im schattigen Hof ein bisschen abkühlen und eine rauchen. »Eine Braut raucht nicht«, hat ihre Mutter sie ermahnt. »Wie sieht denn das aus?«

Aber im Hof sieht mich ja keiner, denkt Tanja und wendet sich nach rechts. Unter der Tür bleibt sie stehen. Jan Lemke steht mit dem Rücken zur Wand neben dem fliegenvergitterten Küchenfenster. Dahinter hört man Geklapper und das Lachen des Küchenpersonals. Vor Jan steht Kati, doch da ist keine Spur mehr von Charme und Freundlichkeit. Giftpfeile schießen aus ihren Augen.

»Du hast Hermine auf dem Gewissen! Dafür wirst du mir bezahlen, das verspreche ich dir!« Katis Fäuste trommeln auf Jans Brust ein, es ist ein dumpfes Geräusch, das von den Wänden des Hofes widerhallt. Jan hält sich die Arme vor das Gesicht und schreit: »Hör auf, du bist ja völlig durchgeknallt! Was kann ich dafür, wenn sich deine Sau erschreckt!«

»Wenn man direkt neben dem Stall Kanonenschüsse abfeuert, ist das wohl kein Wunder«, brüllt Kati. »Und das war hundertprozentig deine Scheiß-Idee!«

»Jetzt krieg dich wieder ein. Es ist doch nur eine Sau.«

»Diese Sau hatte mehr Charakter als du!«

Jan hat ihre Fäuste zu fassen bekommen. Die Streitenden drehen sich um hundertachtzig Grad, nun ist es Jan, der Kati gegen die Wand drückt. Die lässt ihre Fäuste, die Jan immer noch festhält, sinken. Ihr Körper signalisiert Kapitulation, die Lippen, eben noch ein zorniger Strich, öffnen sich wie Blütenblätter.

Jan lächelt sein Robbie-Williams-Lächeln. Tanja ist hin- und hergerissen.

»Na also«, sagt Jan mit weicher Stimme. »Es gefällt mir, wenn Frauen wütend sind.«

Katis Knie schnellt nach vorn. Jan klappt zusammen wie ein Liegestuhl und quiekt dabei. Tanja hört Schritte hinter sich, ehe sie wie eine Gardine zur Seite geschoben wird. Es ist Rosemarie Lemke. Im bauchfreien Bananenkostüm und mit Apfelsinen im Haar erstürmt sie den Hof.

Jan hat sich inzwischen wieder aufgerichtet. Er schnappt nach Luft.

»Was ist hier los?«, keift Rosemarie.

»Misch dich nicht ein, Mama«, keucht Jan.

»Dein Herr Sohn ist schuld am Tod meiner besten Zuchtsau! Aber das wird er mir büßen, verlasst euch darauf!« Kati funkelt Jan und seine Mutter böse an.

»Das werden wir ja sehen«, faucht Rosemarie und zeigt auf die Tür.

»Los, verschwinde, du … du Irre!«

Kati, nun wieder ganz beherrscht, betrachtet mit einem spöttischen Lächeln die Frau Bürgermeister im Tanzkostüm. Ganz langsam, von oben nach unten.

»Schau dich doch selber an.« Sie wirft das Kinn hoch und rauscht davon. Tanja macht ihr eilig Platz.

»Sorry, Tanja«, sagt Kati zu der Braut. Sie legt Tanja kurz die Hand auf die Stelle, wo der Träger des bräutlichen BHs in ihre nackte Schulter schneidet. Katis Hand ist warm, trocken und ein wenig rau. Dann verschluckt sie der dämmrige Flur

»Es tut mir leid, das mit deinem Schwein«, ruft ihr Tanja hinterher.

»Traurig, traurig«, nickt Thomas Kotte. »Dass es den Holger so schnell erwischt, das hätte ich nicht gedacht.«

Die drei letzten Hinterbliebenen des Clubs der Junggesellen hocken auf den Stufen vor dem Eingang des Goldenen Hirschen. Jeder hat einen Bierkrug vor seinen Füßen stehen.

»Wenn sie wenigstens hübsch wäre«, seufzt Jan Lemke. »Aber diese Zuchtsau …«

»Kati Lenzen hat sie nicht alle, das ist doch bekannt«, meint Markus Sand. Die Neuigkeit von Katis Wutausbruch hat schon vor Stunden die Runde gemacht.

»Ich mein doch nicht *die* Sau.«

»Welche dann?«

»Die mit dem Schleier.« Jan schnippt seine brennende Kippe auf den Waschbeton. Eine Fledermaus kreuzt mit hektischem Flügelschlag den Schein der Straßenlaterne und verschwindet im Zickzackflug zwischen den Bäumen. Drinnen im Saal ist die Stimmung auf dem Siedepunkt. *Lebt denn der alte Holzmichel noch …*

»Ey, wirklich, dem Holger, dem graust vor gar nichts«, versichert Markus kniefällig. Offensichtlich hegt er Ambitionen auf die nun vakante Stelle als Jans bester Freund.

»Sooo hässlich ist sie nun auch wieder nicht«, widerspricht Thomas.

»Ein abgeseifter Bauerntrampel ist sie«, antwortet Jan. Um seine Worte zu unterstreichen, trinkt er von seinem Bier und rülpst. Markus Sand tut es ihm nach und rülpst noch lauter.

»Jetzt mach mal halblang«, protestiert Jungbauer Kotte verärgert. Jan hält sich wohl für was Besseres, weil seine Eltern Hannoveraner züchten und sein Vater der Ortsbürgermeister ist. Thomas versteht Jans Bitterkeit nicht. Hat er das mit dem Club wirklich so ernst genommen? Ist er vielleicht schwul?

»Nicht für viel Geld würd ich's der besorgen wollen!«, bekräftigt Jan.

»Aber der Kati schon«, versetzt Thomas.

»Ach, die. Die hatte ich doch schon längst in der Kiste«, winkt Jan ab, aber sein Lächeln entgleist zur Grimasse.

Kati. Das ist ein Stachel, der immer mal wieder schmerzt. Ihr Streit vorhin hat alte Erinnerungen geweckt. Er hat versucht, sie in viel Bier zu ertränken, aber anscheinend können sie schwimmen. Die Tür geht auf. Heraus dringt ein Schwall abgestandener Luft und Gesang.

Jaaah, er lebt noch, er lebt noch, er lebt noch …

»N'Abend, Herr Pastor.«

»Guten Abend, ihr drei. Ihr heckt doch wohl keinen Unsinn aus?«, fragt er, als wären sie Lausbuben im Grundschulalter.

»Niemals, Herr Pastor«, versichert Jan.

Der Pastor bleibt auf den Stufen stehen und nimmt einen tiefen Atemzug. »Ach, wenn diese Gemeinde in der Kirche nur einmal so inbrünstig singen würde wie im Wirtshaus.«

»Versuchen Sie's doch mal mit 'nem Bierausschank, Herr Pastor«, rät Jan. Grölendes Gelächter. Der Gottesmann macht sich kopfschüttelnd auf den Heimweg.

Jan wartet, bis er die Straße überquert hat, dann steht er auf und geht ein paar Schritte ins Gelände. Thomas und Markus lauschen stumm dem Rauschen des Urinstrahls im Gebüsch. Der Mond klettert über das Kirchendach. Die Uhr schlägt elf. Am Löschteich hinter der Kirche quaken die Frösche. Ab und zu weht eine Brise von Kottes Misthaufen herüber. Es ist die erste Sommernacht des Jahres, zum Sterben schön und lau genug, um sich im Gras zu wälzen.

Als Jan zurückkommt, ist es, als hätte sich mit seiner Blase auch seine schlechte Laune entleert. »Männer!«, grinst er und zieht aus der Hosentasche einen Ring mit zwei Schlüsseln. »Ich hab hier was. Seine Hochzeitsnacht soll dieser Verräter nicht so schnell vergessen. Seid ihr dabei?«

Thomas, rasch versöhnt, grinst und nickt. »Logo.«

»Was hast du vor?«, fragt Markus.

»Weiß ich noch nicht. Kommt, wir gehen zum Teich, was rauchen.«

»Können wir nicht hier rauchen?«, fragt Markus, schwer von Begriff.

»Spinnst du?«

»Ach so, schon klar. Hast du was dabei?«

»Würd' ich sonst fragen?«

Sie überqueren die Dorfstraße und gehen auf die Kirche zu, deren Turm sich nachtschwarz gegen den aufgehenden Vollmond stemmt.

»Nein, Ernst, wir laufen. Du hast schon etliche lüttje Lagen intus.«

»Deshalb will ich ja nicht mehr laufen«, erklärt Metzgermeister Mohr mit der zwingenden Logik des Betrunkenen.

»Und ich sag, du fährst nicht mehr!«, kräht ihm Annegret ins hochrote Ohr.

»Glaubst du, auf den paar Metern liegt die Polizei auf der Lauer? Nachts um eins?«

Annegret entreißt ihm den Schlüssel und bugsiert den protestierenden Gatten auf den Beifahrersitz. Sie schnallt ihn an, steigt ein, holt sich den Sitz näher ans Lenkrad und startet den Motor. Langsam knirscht der Benz über den Rollsplitt.

»Pass auf, da stehen welche!«

Teile der Hochzeitsgesellschaft entleeren gerade ihre Mägen über den Rosenrabatten, die die Dorfstraße säumen.

»Seh ich doch. Nun halt den Schnabel und lass mich fahren.«

Die Scheinwerfer streifen drei Gestalten, die mit einer Schubkarre den Platz mit dem Maibaum und dem blumengeschmückten Dorfbrunnen überqueren.

»Sieh an. Wo kommen die denn jetzt her? Und was stellen sie wohl mit der Schubkarre an?«

»Schau gefälligst auf die Straße!«

Annegret kneift die Augen zusammen und späht durch die Scheibe nach dem Inhalt der Schubkarre, aber ein anderer Wagen kommt entgegen und blendet sie.

»Wär ja nicht das erste Mal, dass einer in der Karre nach Hause gebracht wird, nicht wahr, Ernst?« Vor ein paar Wochen, nach dem Mai-Singen, ist ihrem sturzbetrunkenen Gatten diese Gunst seiner Sangesbrüder zuteilgeworden.

Ein kraftloses Brummen ertönt vom Beifahrersitz.

»Möcht' wissen, wer da in der Karre lag. Hast du ihn erkannt, Ernst? Ernst!«

Der Angesprochene schnarcht. Auch egal, denkt Annegret. Morgen wird man es schon erfahren. Man hat hier noch immer alles von jedem erfahren.

Nur der Hund begrüßt Hertha Kotte, als sie nach Hause kommt. Die Glocke am Kirchturm sendet zwei mahnende Schläge in die Nacht. Halb zwei. Spät genug, aber sie hat es nicht länger ausgehalten. Diese Hitze, dieser Krach. Soll ihr Karl doch alleine weiterfeiern, *rock around the clock*, er hat es ja nicht weit nach Hause. Alle Fenster sind dunkel. Ob Thomas schon im Bett ist? Sie hat ihn seit Mitternacht nicht mehr gesehen. Hoffentlich treibt er keinen Unsinn. Ein tiefer Seufzer dringt aus Hertha Kottes fülliger Brust. Nun, da Holger verheiratet ist, wird sich ihr Thomas bestimmt noch mehr als bisher an Jan Lemke anschließen. Ein Gedanke, der ihr nicht gefällt. Obwohl der Bengel auf ihrem Hof aus- und eingeht, seit er laufen kann, vertraut sie ihm nicht. Faustdick hat der es hinter den Ohren. Wenn irgendwo im Dorf ein krummes Ding läuft, ist er garantiert dabei. Man munkelt sogar, dass Jan schon mit Rauschgift zu tun gehabt hat. Kein Wunder ist das. Seine Mutter hat sich schon immer lieber mit ihren Gäulen beschäftigt, als sich um ihr Früchtchen zu kümmern. Die Frau Bürgermeister! Stolziert immer so arrogant in ihren Reithosen durchs Dorf wie die Königin von Saba. Hertha schält sich aus der Festrobe und stellt die Dusche an. Mit einem wohligen Schauder lässt sie den kühlen Wasserstrahl über ihren erhitzten Körper laufen. Herrlich!

Erfrischt geht sie kurz darauf ins Schlafzimmer und greift unter das Kopfkissen. Das Nachthemd ist nicht da, wo es zu liegen hat. Hat sie es in die Wäsche getan? Nein, es war doch erst zwei Tage alt. Das Hemd ist nicht zu finden, weder im Wäschekorb, noch im Bad, auch nicht im Schlafzimmer. Sie macht das Fenster auf und schaut in den Hof. Vielleicht ist es ihr heute früh beim Betten machen heruntergefallen? Aber das hätte man doch tagsüber bemerkt, wenn da ein geblümtes Nachthemd auf dem Hof liegt. Der Hund? Der lebt unten zwischen Küche und Schweinestall und weiß genau, dass er im ersten Stock nichts zu suchen hat. Außerdem ist das Tier auf Schuhe spezialisiert. Nachtwäsche hat den noch nie interessiert.

Hertha geht zum Schrank und holt ein frisches, lavendelduftendes Nachthemd heraus. Rätselhaft, das Ganze. Ob Thomas …? Aber was in aller Welt sollte Thomas mit ihrem Nachthemd anfangen wollen? Der Junge wird doch nicht …

Eben noch todmüde, wälzt sich Hertha nun schlaflos im Bett herum, geplagt von schrecklichen Bildern.

Tanja folgt ihrem Bräutigam die Stufen hinauf. Holgers Eltern haben den geräumigen Dachboden für das junge Paar ausbauen lassen. Wohnzimmer, Schlafzimmer, zwei Kinderzimmer, vorsorglich. Alles ist hell und neu, die Wände, die Möbel, das Bett. Die Braut ist willkommen – nicht zuletzt wegen der Mitgift. Tanja macht sich keine Illusionen darüber, was die Leute denken und tuscheln. Es ist ihr egal. Sie liebt ohnehin nur Robbie Williams. Was natürlich Blödsinn ist, völlig aussichtslos. Und davon abgesehen – heiraten, das wollte sie schon immer. Einmal der Mittelpunkt sein, die Braut.

Holger muss sich am Treppengeländer hochziehen und Tanja schiebt von unten ein wenig nach. Mit einer Hochzeitsnacht im traditionellen Sinn wird es wohl nichts mehr werden. Aber ihr Bräutigam hat seine ehelichen Pflichten schon vor zwei Stunden erledigt, auf dem Hof des Goldenen Hirschen, genau dort, neben dem Küchenfenster mit den dicken Gitterstäben, wo sich am Nachmittag Jan und Kati gestritten haben. Tanja spürt noch jetzt die heißen Backsteine, die ihr ein Muster in den Rücken stempeln, fühlt den staubigen Saum ihres Kleides, der sich wie eine seidige Würgeschlange um ihren Hals legt, hört das rhythmische Grunzen ihres Bräutigams an ihrem Ohr, und während sein Adamsapfel vor ihren Augen auf und ab zuckt, denkt sie an Robbie und lauscht den müden Witzen des Küchenpersonals hinter dem gekippten Fenster.

»Hoffnich ham diese Saukerle da drin nix annestellt«, offenbart Holger nun seine Befürchtungen und versucht dabei die Wohnungstür aufzuschließen. Tanja muss ihm helfen. Dann ist die Tür offen. Tanja klammert sich an seinen roten Hals und Holger schafft es, sie in die Höhe zu stemmen. Aber kaum ist er über der Schwelle, klappen ihm die Knie weg. Die Braut knallt auf das Laminat, der Bräutigam landet auf ihr.

»Sorry!«, kichert Holger. Die Jungvermählten rappeln sich auf. Holger gibt der Tür einen Tritt, sie fällt ins Schloss. Sie sind allein. Bis jetzt ist alles in Ordnung. Dann öffnet Tanja die Tür zum Schlafzimmer.

Sonntag

Das Abendhandtäschchen unter den Arm geklemmt, stolpert Thea Sand den steinigen Feldweg entlang. Diese Tangomelodie will ihr nicht mehr aus dem Kopf, und so setzt sie ihre Schritte im feurigen Rhythmus. Tam-tam-taatam … Es ist halb sechs, aber die Sonne hat schon Kraft. Der Raps steht in voller Blüte und verbreitet seinen ordinären Duft. Thea ist erschöpft. Für Spaziergänge durch die Feldmark hat sie die falschen Schuhe an. Das wird Blasen geben. Zum Glück ist es nun nicht mehr weit. Das erste Gebäude des Dorfes ist schon erreicht, der Hof von Kati Lenzen. Ein echter Freak, diese Frau. Die verrückte Alte, die bei ihr lebt, hat man schon ab und zu im Dorf aufgelesen, orientierungslos und nach ihrer längst verstorbenen Tochter Heide rufend. Solche Leute gehören in ein Heim, findet Thea.

Der Weg wird jetzt schmaler. Aufgeräumt dösen die Schrebergärten in der Morgensonne, Kartoffelpflanzen stehen in Reihe, Pfingstrosen tragen pralle Knospen. Vögel lärmen. Thea drückt ihre Hände gegen die pochenden Schläfen. Erleichtert taucht sie ein paar Minuten später in den grünen Schatten der Bäume, die den Löschteich umgeben. Ihre Füße brennen. Übermütig zieht sie die Schuhe aus, rafft ihr Kleid und macht ein paar Schritte in den Teich. Frösche stürzen erschrocken ins trübe Wasser. Himmlisch, diese Kühle an den Beinen. Ihr Blick wandert über die glatte Wasseroberfläche. Die Seerosen blühen noch nicht, aber ihre Blätter breiten sich im hinteren Teil des Gewässers zu einem Teppich aus. Die Sonnenstrahlen werden durch das Laub gefiltert, was eine weiche Dschungelbeleuchtung ergibt. Richtig romantisch ist das hier.

Sie hat kaum geschlafen, aber sie ist nicht müde. Eher ein bisschen überdreht. Der Grund dafür heißt Helmut, ist Waldorf-Lehrer und wohnt im Nachbardorf. Sie wäre gern zum Frühstück geblieben, aber Markus soll nichts mitkriegen. Noch nicht. Erst mal abwarten, wie sich die Sache entwickelt.

Sie muss sich jetzt beeilen. Von der Kirche sind es noch gut zweihundert Meter die Hauptstraße hinunter bis zu ihrem Haus hinter dem Dorfplatz. Für diese Strecke gibt es keinen Schleichweg mehr. Sie kann nur hoffen, dass die Bürger um diese Zeit noch ihre Räusche ausschlafen.

Was schwimmt eigentlich da hinten? Thea ist etwas kurzsichtig, was sie sich jedoch nicht eingesteht. Sie watet noch ein Stück in den schlammigen Teich hinaus und fixiert den Gegenstand. Dann bleibt ihr die Luft weg. In hektischen Sätzen springt sie an Land. Ihr Kleid wird nass und schmutzig, sie beachtet es nicht.

Am Ufer streift Thea ihre Schuhe über und rennt los – so schnell es eben geht auf den hohen Hacken und mit dem engen Kleid, das an ihren Beinen klebt. Sie muss den Pfarrer rausklingeln, der wohnt am nächsten, der muss die Polizei anrufen. Doch vor der Pforte des Pfarrhauses hält sie inne. Wozu ihren Ruf riskieren? In einer knappen Stunde werden die ersten Hundespaziergänger ausrücken. Für den, der da mit dem Gesicht nach unten zwischen den Seerosenblättern dümpelt, ist bereits die Ewigkeit angebrochen. Da kommt es auf eine Stunde nicht mehr an.

Hauptkommissar Lars Seehafer parkt vor der Kirche, hinter einem Streifenwagen, dem Notarzt und dem Passat der Kollegen vom Kriminaldauerdienst. Die Glocken im Kirchturm schlagen sieben Mal. Seehafer stellt den Motor ab, steigt aus, gähnt und streckt sich zur vollen Länge von einsneunzig. Er ist unrasiert und unausgeschlafen, sein Körper ist noch nicht auf Touren, die Glieder sträuben sich gegen jede Bewegung. Er atmet tief ein. Die Luft riecht faulig-süßlich, wie abgestandenes Blumenwasser, aber auch eine Note Tierdung ist dabei. Vor dem Eingang zur Kirche stehen zwei Buchsbäumchen, die mit weißen Bändern geschmückt sind. Davor, auf dem Plattenweg, liegen verschrumpelte Blütenblätter und Reis.

Ein junger Notarzt kommt ihm entgegen. Seehafer lässt ihn wortlos vorbei. Er wird noch früh genug alles Nötige erfahren.

Der Zugang zu dem kleinen Park, der sich um einen Teich schmiegt, ist mit einem rot-weißen Band abgesperrt. Davor haben sich ein gutes Dutzend Bewohner versammelt. Sie unterhalten sich leise und mit betretenen Gesichtern.

Seehafer zeigt einem der Streifenpolizisten seinen Dienstausweis und schlüpft unter dem Band hindurch, wobei ihm sein Bauch im Weg ist und seine Knie laut knacken.

Unter dem grünen Dach der Bäume hat sich die Kühle der Nacht gehalten. Blütenstaub tanzt im Licht vereinzelter Sonnenstrahlen. Das dunkle Wasser ist zur Hälfte von Seerosenblättern bedeckt. Vögel zwitschern. Es hätte ein zauberhafter Ort sein können.

Eine junge Frau kommt ihm entgegen. »Guten Morgen. Ich bin Oberkommissarin Sabine Hinze, das ist mein Kollege, Kommissaranwärter Ralf Czerny.« Sie ist blond, vielleicht Ende zwanzig, er noch jünger. Zusammen dürften die beiden etwa in seinem Alter sein.

»Morgen.«

Sabine Hinze trägt Latexhandschuhe, offenbar hat sie die Leiche untersucht. Ihr Kollege hat einen Notizblock in der Hand. »Ich bin dabei, die Anwohner zu befragen«, erklärt er beflissen. »Die Spurensicherung ist verständigt und müsste jeden Moment eintreffen.«

Seehafer nickt.

Dort, am Ufer, liegt er. Er ist mittelgroß und trägt eine blaue Uniform mit Goldknöpfen. Schlamm und grünliche Schlieren bedecken das Gesicht. Es ist blass, der Mund steht staunend offen, das dunkle Haar klebt klatschnass am Kopf. Die Jacke ist offen, das weiße Hemd hängt aus der Hose. Es ist voller Schmutz und Blut. Und es hat Löcher. Seehafer bückt sich und zieht es vorsichtig hoch. Drei runde Stichwunden unterhalb des Rippenbogens, angeordnet wie die Drei auf einem Würfel.

Seehafer wendet sich ab und holt ein paar Mal tief Luft, um die aufkommende Übelkeit zu bekämpfen. Eigentlich sollte er nach über zwanzig Dienstjahren an Leichen gewöhnt sein. Es gab ja schon ganz andere als diese. Aber vermutlich ist es nicht der Leichnam, sondern die sichtbar gewordene Präsenz des Todes, das Memento mori, das ihm jedes Mal auf den Magen schlägt.

Die junge Kommissarin berichtet: »Der Tote heißt Jan Lemke. Er ist der Sohn des Bürgermeisters. Ledig, einunddreißig Jahre alt, wohnte bei seinen Eltern.«

»Was sagt der Arzt?«

»Er lag erst wenige Stunden im Wasser. Wahrscheinlich ist er nicht ertrunken, sondern wurde erstochen. Wenn Sie mich fragen – das sieht ganz nach einer Mistgabel aus«, meint Sabine Hinze.

»Eine Mistgabel«, wiederholt Seehafer nachdenklich. »Sind Sie da sicher?«

Sie lächelt. »Ich komme vom Land.«

Seehafer winkt einen der uniformierten Beamten, die den Zugang zum Teich vor ungebetenen Gästen sichern, zu sich heran. »Ich hätte gerne, dass sämtliche Mistgabeln in diesem Dorf beschlagnahmt und zur KTU gebracht werden.«

»Geht klar.« Der Beamte entfernt sich und spricht im Gehen in sein Funkgerät.

»Wer hat ihn gefunden?«

»Der Pastor.« Sabine Hinze deutet auf einen Mann um die fünfzig in kurzen Hosen, der etwas abseits auf einer Bank sitzt. Seine Beine sind schmutzig, die Sportschuhe mit den Socken darin stehen neben ihm. Seehafer geht hin und stellt sich vor.

»Bernd Lowitz. Ich bin hier der Pastor und wohne gleich da drüben.« Er hat ausgeprägte Tränensäcke und alle Linien in seinem Gesicht weisen nach unten. Der Mann hat offenbar nicht viel zu lachen in seinem Job.

»Ich wollte heute Morgen so gegen sechs Uhr joggen gehen, da habe ich ihn gesehen. Da drin lag er.« Er deutet auf den Seerosenteppich. »Zwischen den Blättern. Mit dem Gesicht nach unten, ich habe ihn erst gar nicht erkannt.«

»Haben Sie ihn herausgeholt?«

»Ja. Ich wusste ja nicht … Er hätte ja noch am Leben sein können. Der Teich ist nicht tief.«

»Ist Ihnen irgendetwas aufgefallen? Personen? Fahrzeuge?«

»Nein. Es war alles so wie sonst. Bis auf …« Der Pastor deutete in Richtung der Leiche und Seehafer folgt seinem Blick. Drei Herren von der Spurensicherung sind soeben eingetroffen und schleppen ihre Ausrüstung heran.

Der Pastor schüttelt den Kopf mit den borstigen grauen Haaren. »Dabei war er gestern noch so fröhlich und munter. Als ich die Hochzeit verlassen habe, so gegen zwölf, da saß er noch mit seinen Freunden auf den Eingangsstufen des Goldenen Hirschen und scherzte.«

»Kennen Sie die Namen der Freunde?«

»Natürlich. Das waren Thomas Kotte und Markus Sand. Beide aus dem Dorf. Jan war der Trauzeuge …« Der Pastor berichtet in der für Geistliche typischen ausschweifenden Art über die Hochzeit. Seehafer lässt ihn reden.

»Und es wurde sicher viel getrunken«, bemerkt er, als der Pastor einmal innehält.

»Ja, das ist hier leider immer so.«

»Ist während der Feier etwas vorgefallen, gab es vielleicht Streit?«

Seehafer ist, als würde der Herr Pastor einen Moment mit der Antwort zögern, ehe er sagt: »Nein, nicht dass ich wüsste.«

»Wie lange haben Sie dieses Amt hier schon, Herr Pastor?«

»Seit fünfzehn Jahren.«

»Wie war Jan Lemke? War er beliebt?«

Wieder überlegt der Mann, ehe er antwortet. »Wohl nicht bei allen. Wenn hier Unfug angestellt wurde, dann war er der Anführer oder zumindest der Anstifter. Aber er hatte einen gewissen Charme, niemand konnte ihm lange böse sein.«

»Was ist mit Frauen?«

Der Geistliche nickt bekümmert. »Er war ein Casanova. Er sah ja auch recht gut aus. Leider hatte er nicht das Bedürfnis, sich zu binden.«

»Hatte er zuletzt eine Freundin?«

Seehafer denkt an die Mistgabel. Das spricht für Hass, Eifersucht, Leidenschaft. Oder Liebe? Verschmähte vielleicht?

»Da fragen Sie besser die Eltern. Mein Gott, diese armen Menschen. Er war das einzige Kind.«

»Was war er von Beruf?«

»Er hat Landwirtschaft studiert und danach auf dem Gut seiner Eltern gearbeitet. Sie haben eine Pferdezucht.«

»Haben Sie in der Nacht etwas Verdächtiges gehört? Schreie vielleicht?«

»Nein. Ich muss gestehen, ich hatte auch Alkohol getrunken und habe daher tief und fest geschlafen.«

»Danke. Sie können sich jetzt umziehen«, sagt der Kommissar mit einem Blick auf die schlammverschmierten Beine und die nassen Sporthosen des Pastors. Der nickt betrübt und bückt sich nach seinen Laufschuhen.

»Halt! Augenblick!« Der Pastor hält mitten in der Bewegung inne. Lars Seehafer hebt zu seinen Füßen eine dicke Kippe vom Boden auf. Sie kann noch nicht lange da gelegen haben, das Papier ist noch intakt. Er hält sie sich unter die Nase. Der Geruch weckt Erinnerungen. Linden, am Leineufer, eine Bank wie diese, eine Handvoll Halbstarker. Gekifft haben sie wie die kaputten Öfen, und dazu *Dark Side of the Moon* gehört. Lange her. Zwanzig Jahre? Eher dreißig. Das Gefühl eines unwiederbringlichen Verlustes ist plötzlich da und schnürt ihm den

Brustkorb zu. Sentimentaler alter Sack, schimpft er sich.

Der Pastor erklärt gerade: »Diese Bank wird oft von Jugendlichen zu abendlichen Zusammenkünften genutzt. Im Sommer geht das manchmal bis in die Morgenstunden. Was habe ich hier schon an Bierflaschen und Zigarettenkippen aufgesammelt.«

»Waren Jan und seine Freunde auch oft hier?«

»In letzter Zeit wohl nicht mehr. Sie sind ja auch nicht mehr so jung. Aber früher, da …«

Ein kleiner Tumult lässt ihn innehalten. Eine blonde, schlanke Frau kämpft kreischend gegen die beiden Uniformierten an, die sie daran hindern wollen, den Tatort zu betreten. Hinter ihr steht ein hochgewachsener Herr. Hohe Stirn unter vollem, ergrautem Haar. Seine Haltung vereint Autorität und Eleganz, passt aber nicht zu seinem verstörten Blick.

»Oh Gott, die Eltern«, murmelt der Pastor, und seine Schultern kippen unter der Last seiner seelsorgerischen Pflichten nach vorne.

Nach einem langen fassungslosen Blick auf die Leiche ihres Sohnes folgen die Eltern Oberkommissarin Hinze wieder hinter die Absperrung. Die Neugierigen weichen zurück, als wäre das Leid ansteckend. Hinter der Pforte sackt die Frau an die Brust ihres Mannes. Aus der attraktiven First Lady des Ortes ist ein Bündel Hoffnungslosigkeit geworden, während ihr Mann, der Bürgermeister, der Gutsherr, die erste Instanz des Ortes, zu einem Denkmal der Verzweiflung erstarrt. Mechanisch, den Blick ins Leere gerichtet, klopft er seiner Frau auf den zuckenden Rücken. Ausgerechnet in diesem Moment nähern sich die zwei Angestellten der Bestattungsfirma mit dem Transportsarg.

Der Pastor und der Kommissar gehen zu dem Paar hinüber. Seehafer stellt sich vor und äußert hölzern sein Bedauern.

Wie er solche Situationen hasst. Er findet keine Worte, die ihm angemessen erscheinen – welche könnten das auch sein? Er schämt sich, Zeuge zu sein im schlimmsten Moment, den ein Mensch erleben kann. Er mag die Ermittlungsarbeit, das Systematische, das manchmal Instinkthafte, das Finden und Verifizieren einer Spur, die Fieberhaftigkeit, wenn sich Indizien zu Beweisen verdichten. Aber Situationen wie diese lassen ihn stets am Sinn seiner Berufswahl zweifeln. Ich hätte beim Dezernat für Wirtschaftskriminalität bleiben sollen, denkt er und schämt sich im selben Moment dafür, dass er jetzt an sich und seine Befindlichkeiten denkt. Der Mensch ist eine egoistische Bestie, erkennt er nicht zum ersten Mal. Vorsichtig berührt er Frau Lemke am Ellbogen.

»Kommen Sie mit, wir können im Pfarrhaus reden«, sagt er.

Die Frau sieht ihn an, als wolle sie ihn mit Blicken aufspießen, und dann spuckt sie ihm die Worte entgegen: »Da gibt's nichts zu reden. Das war die Lenzen. Die Lenzen hat meinen Sohn umgebracht.«

Thomas Kotte ist ein blonder Quadratschädel von gedrungener Gestalt, sein Freund Markus Sand ist ein dürrer, hoch aufgeschossener Dunkelhaariger mit einem langen Pferdegesicht. Übernächtigt und mit hochroten Köpfen sitzen sie ihm gegenüber. Am Stammtisch, wie das schmiedeeiserne Schild den fremden Gast warnt. Der Hauptkommissar hat die Gaststube des Goldenen Hirschen kurzerhand zu seinem Befragungsraum erklärt. Er muss möglichst früh möglichst viele Informationen sammeln, ehe sich Klatsch und

Gerüchte mit den wahren Erinnerungen der Leute vermischen. Das geht am besten vor Ort.

Vor einer Stunde hat er – nicht ohne ein kleines, sadistisches Grinsen – den Hirsch aus dem Bett geklingelt. Der Kollege sitzt nun im Nebenraum – passenderweise im Jägerstübchen – des Goldenen Hirschen und befragt ebenfalls die Gäste der Hochzeitsfeier – soweit sie schon anwesend und ansprechbar sind.

Es ist kurz nach neun, die Wirtin serviert Kaffee. Normalerweise öffnet das Wirtshaus erst um elf, wenn die Kirche aus ist, aber was ist an einem solchen Tag schon normal?

»Ja, wir haben auf der Bank beim Teich gekifft«, gesteht Thomas Kotte, als sich die Wirtin wieder entfernt hat.

»Und dann?«

»Dann sind wir nach Hause gegangen«, erklärt Thomas Kotte rasch. Zu rasch, wie Seehafer befindet.

»Ich wohne ja gleich um die Ecke. Markus und Jan sind allein weiter, oder, Markus?«

Der Angesprochene nickt eifrig. »Ich wohne unten an der Hauptstraße, hinter dem Dorfplatz. Jan wohnt ganz am Ende des Dorfes. Er ist den Rest allein gegangen.«

»Wie spät war es da?«

»So eins. Ungefähr«, sagt Markus und sieht seinen Freund Thomas Kotte an.

»Ja, so kurz nach eins wird's gewesen sein«, versichert der.

»Werden Sie das mit dem Kiffen meiner Mutter sagen?«, will Markus wissen. »Die regt sich nämlich über so was gleich furchtbar auf.«

»Ich habe einen Todesfall aufzuklären«, antwortet Seehafer barsch und hüllt sich für eine Weile in Schweigen. Markus Sand rutscht auf seinem Stuhl hin und her, Thomas Kotte kaut Fingernägel. Der Kommissar weidet sich an der zunehmenden Nervosität der beiden. Schließlich sagt er: »Ist es nicht etwas seltsam, dass so junge Leute wie ihr schon um ein Uhr brav im Bett gewesen sein wollt, während das ganze Dorf noch feiert?«

»Die Hochzeit war langweilig«, behauptet Thomas.

»Die Musik war beschissen«, urteilt Markus.

»Nicht zum Aushalten«, bekräftigt Thomas. »Außerdem waren wir müde. Wir sind ja schon sehr früh aufgestanden, zum Schießen.«

»Zum Schießen?«

»Zum Salut schießen«, erklärt Thomas. »Das macht man hier, bei großen Hochzeiten. Und Jan hatte so eine geile Kanone organisiert, mit echtem Schwarzpulver. Das war ja auch der Grund, warum sich die Kati Lenzen so aufgeregt hat.«

»Das verstehe ich nicht.«

»Weil wir auf der Wiese hinter ihrem Schweinestall geschossen haben. Und da ist wohl eine Zuchtsau von ihr draufgegangen. Das passiert schon mal, besonders, wenn es warm ist. Die Sauen sind schreckhaft und haben einen empfindlichen Kreislauf.«

»Warum habt ihr dann nicht woanders geschossen?«, fragt der Kommissar.

»Es war Jans Idee«, erklärt Markus. Anscheinend ist – oder vielmehr war – eine Anweisung von Jan Lemke so etwas wie ein Gesetz.

»Der Jan hat keine Gelegenheit ausgelassen, der Kati eins auszuwischen«, berichtet Thomas Kotte. »Vor ein paar Jahren hatten die mal was miteinander, aber dann hat die Kati mit ihm Schluss gemacht. Das hat sein Ego nie verkraftet. Normalerweise ist er derjenige, der mit den Weibern … äh, mit den Frauen Schluss macht.«

»Und am Nachmittag ist die Kati zur Hochzeit gekommen und hat sich den Jan gegriffen«, berichtet Markus Sand und deutet mit dem Daumen über seine Schulter. »Da, im Hinterhof.«

»Was heißt – gegriffen?«

»Das kann man bei der schon wörtlich nehmen.« Thomas grinst. »Wir waren selbst nicht dabei. Aber es hat sich sofort herumgesprochen, was da los war. Fragen Sie Jans Mutter. Oder Tanja, die soll auch dabei gewesen sein.«

»Tanja?«

»Tanja Wernicke. Jetzt Tommsen. Die Braut.«

Seehafer notiert sich den Namen. »Nach diesem Streit hat Frau Lenzen die Hochzeit verlassen?«

»Ja, die ist gleich danach abgerauscht.«

»Haben Sie mir sonst noch etwas zu sagen?« Er sieht die beiden über seine kleine Lesebrille, die bis auf die Nasenspitze gerutscht ist, streng an. Sie schütteln die Köpfe. Ihre Ohren glühen.

»Sie können gehen. Einstweilen.«

Ihr Angstschweiß steht noch in der Luft, als sich ein kahles Haupt durch die Tür zum Jagdzimmer schiebt, gefolgt von einem athletischen Körper auf O-Beinen. Auch Oberkommissar Jürgen Hirsch hat inzwischen einiges an Dorfklatsch erfahren.

»Diese Lenzen scheint hier so was wie die Dorfhexe zu sein. Im Mittelalter hätte man sie wahrscheinlich verbrannt«, meint der Hirsch, und ein Grinsen schiebt sich zwischen seine unrasierten Wangen. »Vielleicht sollten wir uns die Dame mal ansehen.«

»Das übernehme ich«, knurrt Seehafer. Er ist froh, dem Geruch nach erkaltetem Zigarettenrauch und Bratfett zu entkommen. Kneipen riechen am Morgen alle mehr oder weniger gleich übel, stellt er fest. Und jetzt zieht aus Richtung Küche auch noch ein Hauch von Instant-Bratensoße heran. Seehafer drückt sich von der gepolsterten Eckbank.

»Du hältst die Stellung, Hirsch?«

»Ja«, seufzt der Hirsch und fährt sich über seine rasierte und polierte Glatze. »Ich sag nur: Cappuccino mit Sprühsahne!«

»Tja, wir sind hier nicht bei der Boheme in Linden«, versetzt Seehafer in Anspielung auf Hirschs Domizil in jenem Stadtteil, der als das Kreuzberg Hannovers gilt.

Seehafer wünscht ihm noch viel Spaß und verlässt die Gaststube. Draußen ist es schwülwarm. Müde hängen die weißen Schleifen vom Türkranz herunter. Die Kirchturmglocken rufen zur Messe. Seehafers Magen knurrt.

Er hält vor dem Laden mit dem Tchibo-Schild und der Aufschrift Landbäckerei. In den Regalen liegt das übliche Zeug aus den Backfabriken. Aber immerhin gibt es Coffee to go. Das verkündet ein Schild über einer monströsen Kaffeemaschine.

»Kaffee gibt's jetzt nicht mehr, die Maschine ist schon aus. Wir schließen um zehn«, belehrt ihn die Verkäuferin mit einem mahnenden Blick zur Wanduhr. Es ist zwei nach zehn.

»Aber Brötchen kriege ich noch, oder?«

»Natürlich. Sind Sie der Kommissar, der den Tod vom jungen Lemke untersucht?«, fragt sie.

»Sieht man das?«

»Ja. Wie viele Brötchen sollen es sein? Oder wollen Sie Croissants?«

Croissants? Zu fett. Dieser Ring um den Bauch muss wieder verschwinden!

»Drei Brötchen, bitte. Waren Sie auch auf Tommsens Hochzeit?«, erkundigt sich Seehafer.

»Ich? Nein. Ich wohne da drüben.« Sie zeigt vage in Richtung Osten. »Im Neubaugebiet. Ich helfe hier nur am Sonntag aus. Auf der Hochzeit waren nur die vom harten Kern, die Eingeborenen, sozusagen.«

»Aber den Toten kannten Sie.«

»Vom Sehen. Benahm sich immer wie der junge Landvogt persönlich. Mohn, Käse oder Normale?«

»Normale. Wissen Sie, wie ich zu Fuß zum Hof von Frau Lenzen komme?«, erkundigt er sich in einem Anflug von Bewegungsdrang.

»Hinter der Kirche am Teich vorbei, dann immer weiter durch die Schrebergärten, dann kommt ein Feldweg, und dann sehen Sie den Hof schon.«

»Ich habe munkeln hören, die Dame sei etwas exzentrisch«, sagt Seehafer, der diese Quelle des Dorfklatsches nicht ungenutzt lassen will.

»Und wenn schon«, ereifert sich die Frau. »Sie ist die Einzige hier, die ihre Tiere gut behandelt. Für die anderen ist so ein Schwein doch nur ein Wirtschaftsfaktor. Haben Sie mal reingeschaut, in so einen Stall?«

Seehafer schüttelt den Kopf.

»Sollten Sie mal. Danach essen Sie kein Kotelett mehr, das versprech ich Ihnen.«

Wegen des besagten Bauchringes isst Seehafer ohnehin kein Schweinekotelett. Er verabschiedet sich. Noch auf der Treppe beginnt er, das erste Brötchen zu verschlingen.

Vor der Kirche ist die Hauptstraße einseitig zugeparkt. Orgelklänge und ein fader Gesang dringen durch das graue Mauerwerk mit den bunten Fenstern. Der kleine Park um den Löschteich ist noch immer abgesperrt. Die Beamten von der Spurensicherung sind im Aufbruch begriffen. Gerade ziehen sie die Schilder mit den Nummern, die auf den

Fotos den einzelnen Spuren zugeordnet werden, wieder aus dem Boden. Dafür schlägt nun die Stunde der Freiwilligen Feuerwehr. Mit zwei Einsatzwagen ist man vor Ort. Schläuche werden entrollt, Kommandos gebrüllt – der Teich soll ausgepumpt werden. Der Tote ist bereits auf dem Weg in die Pathologie. Frühestens am Montag wird man von denen hören. Seehafer nimmt das zweite Brötchen aus der Tüte und schaut auf die Uhr.

Zwölf Minuten braucht er auf seinem Weg durch die Schrebergärten und ein Kornfeld, ehe er vor dem schmiedeeisernen Hoftor steht. Davor befinden sich ein geräumiger Briefkasten und ein Holzschild auf einem Pflock, das in geschwungener Schrift verkündet:

Katis Hofladen
Eier, Gemüse, Obst, Honig
geöffnet: Freitag von 14:00 bis 20:00 Uhr
Samstag von 10:00 bis 16:00 Uhr

Sein Blick fällt auf ein einstöckiges, mit Fachwerk durchsetztes Backsteingebäude mit grünen Fensterläden. Eine Rose rankt sich um die Eingangstür. Das Dach sieht aus, als wäre es vor kurzem neu gedeckt worden. Rechts grenzt ein Garten mit Gemüsebeeten an das Haus, dahinter liegt eine Wiese mit Obstbäumen und einem Hühnerstall. Ein Bilderbuch-Bauernhof – zumindest auf den ersten Blick.

Der Fuhrpark umfasst einen Trecker, der bestimmt älter ist als Seehafer selbst, und einen dunkelgrünen Jeep der Marke Defender. So einen wollte Seehafer schon immer, nur hat er in der Stadt wenig Verwendung dafür.

Zur Linken erstreckt sich ein Flachbau mit hoch angesetzten Fenstern. Der Schweinestall. Von der Existenz der Tiere zeugen deren unverkennbarer Geruch und ein Misthaufen. Mit einer Mistgabel. Seehafer schnaubt verärgert. Können die Jungs von der Streife denn nichts gründlich machen, verdammt!

Vergeblich sieht er sich nach einer Klingel um. Es ist niemand zu sehen, nur ein paar braune Hühner kommen neugierig angelaufen.

Seehafer schiebt den Riegel zurück und schlüpft durch die Pforte neben dem Tor, das mit einem massiven Riegel verschlossen ist. Gackernd fliehen die Hühner vor seinen schwarzen Schuhen.

»Ist hier jemand?«, ruft er.

Sie sind zu dritt. Mit schnellen, kleinen Schritten biegen sie um die Ecke und schneiden Seehafer frech den Weg ab. Rötlich braun, mit weißen Flecken sehen sie aus wie mutierte Meerschweinchen. Ihre langen Ohren wackeln fröhlich, doch die kleinen Augen fixieren ihn mit argwöhnischer Wachsamkeit.

Seehafer ist erschrocken stehen geblieben. »Hallo, ihr.«

Eines der Schweine kommt näher und streckt ihm fordernd den Rüssel entgegen. Reflexartig greift der Kommissar in die Papiertüte, die er noch immer in der Hand hält, und reicht dem Schwein das letzte Brötchen. Weil er seine Hand zu rasch zurückzieht, fällt es auf den Boden.

»Entschuldigung«, sagt Seehafer.

Das Tier verzeiht ihm, ein Happs, schon ist der Leckerbissen weg. Doch das Schwein ist auf den Geschmack gekommen und bedrängt den Kommissar mit seinem Rüssel. Seehafer knüllt die Tüte zusammen und wirft sie von sich. Es klappt. Das Schwein verfolgt die Tüte, leckt sie ab, dann schubst es den Papierball ebenso geschickt wie spielerisch mit der Schnauze im Zickzack über das Pflaster. Fast wie Ronaldinho, findet Seehafer anerkennend, doch es ist ein Weibchen, was er an den hängenden Zitzen erkennen kann.

Nun aber rücken seine beiden Artgenossen dem Kommissar zu Leibe. Ohne jede Zurückhaltung schnüffeln sie an sämtlichen Stellen seiner Hose und recken gierig grunzend die Rüssel in die Höhe. Eines beginnt in vermeintlicher Vorfreude auf einen Leckerbissen schon mal zu kauen, was die Gelegenheit bietet, das beachtliche Gebiss des Tieres zu bewundern. Das Grunzen klingt zunehmend ungehalten. Verdammt, flucht Seehafer, hätte er doch den Hirsch zu dieser Lenzen geschickt.

Ein schriller Pfiff ertönt. Die Schweine lassen von ihm ab, wenden sich blitzschnell um und rasen zu dritt – Ronaldinho hat die Tüte inzwischen plattgemacht – über den Hof in die Richtung, aus der der Pfiff kam. Eine Frau greift in die Tasche ihrer blauen Latzhose und reicht den Tieren Leckerchen. Offenbar zufrieden verschwinden sie in Richtung Obstgarten. Kati Lenzen kommt auf den Kommissar zu. Ihr Gang hat etwas von einer Großkatze.

»Haben sie Sie erschreckt? Sie sind furchtbar neugierig.«

»Kein Problem«, versichert Seehafer und stellt sich vor. Sie ist einen Kopf kleiner als er. Ihr Händedruck ist kraftvoll, ihr Blick hat etwas Verbindliches und wirkt gleichzeitig traumverloren. Das Gesicht ist fein geschnitten. Um nicht zu sagen: edel. Vor allem im Profil. So stellt sich der Laie eine Landadelige vor, denkt Seehafer und wundert sich über die kitschigen Klischees, die in seinem Kopf herumgeistern. Und obwohl er sonst wirklich nicht für Piercing schwärmt, findet er den kleinen Ring am rechten Flügel ihrer zarten Nase sehr apart.

»Gut, dass Sie da sind. Kommen Sie, ich zeige Ihnen, wo sie gelegen hat.«

Sie setzt sich in Bewegung.

»Sie?«, wiederholt Seehafer, der ihr über den Hof nachstolpert. Der Weg führt hinter den Schweinestall. Dort zeigt die Hausherrin auf ein betoniertes Rechteck neben dem Misthaufen. »Da habe ich sie hingelegt. Da ist es am kühlsten, auf der Nordseite. Am Wochenende kriegen Sie keinen Abdecker her, und im Stall kann ich sie ja nicht liegen lassen. Heute Morgen war sie dann weg. Erst bringen sie sie um, und dann vergreifen sie sich noch an ihrer Leiche, diese gemeinen Idioten!«

»Welche Idioten?«, fragt Seehafer.

»Jan Lemke und Konsorten. Es war garantiert Jans Idee, gleich da drüben zu schießen.« Sie zeigt über den Zaun auf ein Stück Brachland, auf dem das Gras fast mannshoch steht. An ein paar Stellen ist es niedergetrampelt. »Als ob sie nicht genau wüssten, wie empfindlich die Schweine sind. Gerade bei dieser Hitze. Meinen Sie, ich komme mit einer Anzeige wegen Tierquälerei durch?« Sie sieht den Kommissar voller Erwartung an.

Hat sie denn keine Ahnung, was geschehen ist? Möglich wäre es, räumt Seehafer ein. Die Polizisten haben ihren Hof beim Einsammeln der Mistgabeln offensichtlich übersehen. Natürlich kann es auch sein, dass sie perfekt schauspielert. Aufgepasst, Seehafer! Lass dich nicht von diesen seelenvollen grauen Augen einwickeln.

»Das haben sie nur getan, weil sie wissen, dass ich an meinen Tieren hänge! Hermine war so ein liebes Tier!«

Ihre Stimme klingt hohl bei den letzten Worten. Gleich fließen Tränen, befürchtet Seehafer. Weinende Frauen sind ihm ein Gräuel. Aber sie dreht sich rasch um, und er folgt ihr. Sie gehen am Stall entlang. Die Tür an der Frontseite steht offen, und Seehafer schaut neugierig hinein. Kein Tier ist darin zu sehen, aber überall auf dem Boden bunte Ringe, Bälle und Würfel aus Plasik. Zwei Lederbälle hängen an dicken Tauen von der Decke bis auf einen halben

Meter über der Erde. Die Ausstattung des Stalls erinnert an die Kinderaufbewahrung eines Kaufhauses – wenn man vom strohbedeckten Boden einmal absieht. An einer Wand liegen aufgereiht acht blaue Matten. Doch das Bemerkenswerteste ist die Innenseite der Wand, an der sie eben entlanggegangen sind. Eine toskanische Landschaft mit dem typischen Mosaik aus Feldern, Zypressen und dem unvermeidlichen Castello auf einem Hügel breitet sich vor seinem Auge aus.

»Ich hab's von einer Postkarte abgemalt«, erklärt Kati Lenzen.

Seehafer zeigt auf die Matten: »Bekommen sie Turnunterricht?«

»Yoga«, antwortet Kati. Dem Kommissar fällt die Kinnlade herunter. Das Lachen, das daraufhin ihr Gesicht überstrahlt, beschleunigt Seehafers Puls.

»Sie schlafen darauf«, erklärt sie wieder ernst. »Warum sollen sie auf dem harten Boden liegen? Schweine sind uns Menschen ähnlicher, als wir wahrhaben wollen.«

Seehafer nickt nur. Er hat Mühe, sie nicht ständig anzustarren.

»Schweine sind intelligent. Sie brauchen geistige Anregung. Sie sollten sie mal Fußball spielen sehen.«

Die Frage, wie viel Intelligenz zum Fußball spielen notwendig ist, beschäftigt den Kommissar noch während er fragt: »Wo sind sie denn alle?«

»Drüben, bei den Obstbäumen. Da haben sie Schatten und eine Schlammsuhle. Im Sommer mögen sie es, wenn ich sie mit dem Schlauch abspritze.«

Sie verlassen den Stall.

»Und was werden Sie jetzt unternehmen?«

Seehafer fragt zurück: »Unternehmen?«

»Wegen Hermine.«

»Frau Lenzen, wissen Sie denn nicht, was passiert ist?«

Sie sieht ihn an und schüttelt irritiert mit dem Kopf.

»Jan Lemke ist tot.«

Ihre Augen sind noch immer ganz ruhig auf ihn gerichtet. »Wie – tot?«, fragt sie.

»Er wurde heute früh vom Pfarrer im Löschteich hinter der Kirche gefunden.«

»Ist er ertrunken?«

»Er wurde erstochen. Mit einer Mistgabel.«

Immerhin unterlässt sie den Versuch, Mitgefühl zu heucheln.

»Ins Herz?«, fragt sie.

»Das Obduktionsergebnis bekomme ich erst morgen«, antwortet Seehafer.

»Und ich dachte, Sie wären wegen Hermine hier. Ich habe deswegen heute Morgen auf der Wache angerufen.«

»Nein, ich bin nicht wegen Hermine hier. Ich arbeite im Polizeipräsidium Hannover, Abteilung Tötungsdelikte. Am Menschen«, fügt er hinzu.

Sie geht über den Hof und fragt: »Wollen Sie mit reinkommen? Ich esse jetzt was.«

»Gerne. Zumal Ronaldinho mein Frühstück verspeist hat.«

»Wer?«

»Ach, niemand.«

Vom Flur kommt man in eine große Wohnküche. Sie ist gelb gestrichen und mit restaurierten Holzmöbeln einfach eingerichtet. Alles macht einen sehr sauberen, aufgeräumten Eindruck. Seehafer denkt an seine Küche, in der das Geschirr von acht Tagen herumgammelt, seit die Spülmaschine kaputt ist.

Kati setzt Kaffee auf und schneidet Brot. Sie legt ein großes Stück Käse, eine Salami und ein derbes Messer auf den Tisch.

Seehafer probiert die Salami. »Gut. Stammt die von Ihren Schweinen?«

»Vom italienischen Stand in der Markthalle.«

»Ihre Schweine – wer schlachtet die eigentlich?«

»Ich.«

Seehafer schluckt.

»Ja. Ich ernähre sie, sie ernähren mich, also bin ich ihnen auch einen stressfreien Tod schuldig. Alles andere wäre ja feige.«

»Ah, ja.«

»Ich habe eine Genehmigung zum Hausschlachten. Aber Hermine war nicht zum Schlachten vorgesehen. Sie hatte jedes Jahr acht Ferkel, drei Mal bis jetzt. Ich lasse meine Zuchtsauen nur einmal im Jahr decken.«

»Wie viele Tiere schlachten Sie denn so – im Monat?«

Sie schüttelt den Kopf. »Wo denken Sie hin? Eins oder zwei im Jahr«, antwortet Kati. »Man darf hausgeschlachtete Schweine nur für den Eigenbedarf verwenden. Eine Zeitlang habe ich auch mal was davon verkauft. Aber meine netten Mitbürger haben mich gleich angezeigt.«

»Und wovon leben Sie dann, wenn ich fragen darf?«

»Von den Ferkeln. Die verkaufe ich an Bio-Höfe. Aber nur an solche, die ich persönlich kenne.«

Er nickt. Wie sie sie wohl schlachtet? Mit einem Messer? Einem Elektroschocker? Er will es lieber nicht wissen. Ihm kommt ein anderer Gedanke: Würde jemand wie sie, die sich auf das schnelle Töten versteht, so primitiv mit einer Mistgabel zu Werke gehen?

Auch Kati hat anscheinend inzwischen nachgedacht. »Die Klatschmäuler haben Ihnen von meinem Streit mit Jan gestern Nachmittag erzählt. Und jetzt denken Sie, ich war es.«

»Sie sollen ihn bedroht haben.«

»Ich sagte, dass er für Hermine bezahlen wird. Mit Geld. Nicht mit seinem Leben. So eine Zuchtsau ist einiges wert.«

Seehafer schweigt.

»Außerdem, warum sollte ich eine Mistgabel benutzen, wenn ich ein Bolzenschussgerät habe?«

Schritte nähern sich vom Flur. Eine stämmige ältere Frau betritt das Zimmer. Ihr graues Haar ist kurz geschnitten und liegt wie ein Helm um ihren Kopf. Sie hat strahlend blaue Augen über tiefen Tränensäcken. Zwei Meter vor dem Tisch bleibt sie stehen und beäugt den Kommissar misstrauisch.

»Wer ist das, Heide?«

»Das ist ein Kunde aus Hannover, Tante Lina. Und ich bin Kati. Was machst du denn hier, du wolltest dir doch die Messe im Radio anhören.«

Seehafer ist aufgestanden und will ihr die Hand geben, aber sie weicht zurück.

»Was will er hier?«, fragt sie. Ihre Pupillen gleiten unruhig hin und her.

»Ein paar Eier«, schwindelt Kati.

»Wir haben keine Hühner«, sagt Tante Lina zu Seehafer. »Sie haben uns alles weggenommen. Die Hühner, das Pferd, das Schwein.« Sie wiegt den Kopf hin und her und murmelt dabei: »Keine Eier, kein Schinken …«

»Ist ja gut, Tante Lina.« Kati wirft Seehafer einen Blick zu, der um Verständnis wirbt.

»Wer hat Ihnen alles weggenommen?«, fragt Seehafer die alte Frau.

»Die Russen.«

»Möchtest du was essen, Tante Lina? Ein Ei?«

»Kein Ei. Kein Schinken. Das Pferd ist auch weg, und der Wagen. Haben alles die Russen genommen, alles.«

Sie setzt sich an den Tisch und Kati bringt ihr Tee und ein Brot mit Butter und Schnittlauch. Sie schneidet es in kleine Streifen wie für ein Kind.

»Lina ist meine Großtante, sie hilft mir auf dem Hof.«

Die alte Dame isst andächtig und in kleinen, dosierten Bissen. Ihr Blick haftet mit unverhohlenem Misstrauen an Lars Seehafer.

Der fühlt sich beklommen und steht auf. »Entschuldigen Sie mich, ich muss mal kurz mit meinem Kollegen telefonieren.«

Die fette Schmeißfliege scheint vor der Tür auf ihn gewartet zu haben. Rammdösig umkreist sie seinen Kopf wie ein Trabant und lässt sich auch von seinem wütenden Gefuchtel nicht verjagen. Er flieht vor dem Insekt auf den Hof. Weil er auf eine erneute Begegnung mit zudringlichen Schweinen nicht scharf ist, erklimmt er kurzerhand den Sitz des Treckers. Das Fahrzeug ist zwar museumsreif, aber offenbar gut gepflegt. Nirgends ist Dreck oder eine Spur von Rost, der grüne Lack mit der Aufschrift Fendt glänzt wie frisch poliert.

Ein gutes Gefühl hat man da oben. Seine Hände umfassen das riesige Lenkrad. Er federt auf dem Sitz und hätte nicht übel Lust, eine Runde zu drehen. Traktoren, Mähdrescher und derlei Fahrzeuge haben ihm schon immer imponiert. Vielleicht hätte er Bauer werden sollen. Zu spät, erkennt er und zieht das Telefon aus der Tasche.

»Gibt es bei dir was Neues?«

»Allerdings.« Der Hirsch klingt ausgesprochen munter. Hat er den Täter, kann man endlich nach Hause, den Restsonntag genießen?

»Eine Zeugin hat Jan Lemke und seine beiden Freunde nachts um eins über den Dorfplatz gehen sehen. Sie hatten eine Schubkarre dabei, darin lag einer. Sie konnte aber nicht erkennen, wer es war. Es scheint hier üblich zu sein, Schnapsleichen auf diese Art zu transportieren.«

Seehafer macht einen tiefen Atemzug und sagt: »Nimm dir die zwei Freunde von Jan noch einmal vor, und frage sie nach dem Schwein Hermine.«

»Nach wem?«

»Eine Zuchtsau wurde heute Nacht von Lenzens Hof gestohlen. Sie war bereits tot. Die Besitzerin vermutet, dass Jan Lemke und seine Kumpane hinter dem Diebstahl stecken.«

»Warum sollte jemand ein totes Schwein stehlen und mit der Schubkarre spazieren fahren?«, fragt der Hirsch.

»Das sollst du ja herausfinden«, raunzt Seehafer und drückt die Auflege-Taste.

»Frau Lenzen, vermissen Sie eine Schubkarre?«

Die Angesprochene erhebt sich mit einer geschmeidigen Bewegung vom Tisch und kommt zu Seehafer an die Tür. Sie sieht ihn an, als ob sie seine Gedanken lesen könnte.

»Mal sehen«, sagt sie dann. Er folgt ihr, dieses Mal in Richtung Garten. In der Eingangstür steht die Großtante, starr wie ein Denkmal, doch ihre Augen verfolgen jede Bewegung.

Im Schatten der Obstbäume dösen an die dreißig Schweine in verschiedenen Größen. Ab und zu wackelt eines mit den Ohren, um die Fliegen zu verscheuchen.

»Heide, wenn du die Schubkarre suchst, die ist beim Hühnerstall«, ruft ihnen Tante Lina mit kräftiger Stimme nach.

Die Schubkarre blinkt silbrig in der Sonne. Kein Strohhalm klebt an der Wanne, kein bisschen Schmutz ist auf dem Blech zu sehen, und natürlich auch kein Blut. Sogar das Profil der Reifen ist sauber.

»Ist die neu?«

»Nein, gekärchert«, sagt Kati mit undurchdringlicher Miene. »Gestern Mittag.«

Seehafer gibt ein Räuspern von sich, während Kati Lenzen laut nachdenkt: »Das heißt, dass sie ihre eigene Karre mitgebracht haben, um Hermine zu stehlen.«

»Oder ein Auto«, meint Seehafer.

»Das hätte ich bemerkt. Das große Tor ist abgeschlossen, ohne Schubkarre hätten sie sie erst über den ganzen Hof schleppen müssen.«

»Putt-putt-putt-putt-putt!«, gurrt es hinter ihnen. Tante Lina trägt einen kleinen Eimer mit Körnern, die sie nun auf der graslosen Fläche vor dem Hühnerstall ausstreut. Von überall her rennen plötzlich Hühner heran.

»Die Hühner sind wieder da«, stellt Seehafer fest.

Tante Lina sieht erst ihn an, dann Kati, dann macht sie eine scheibenwischerartige Bewegung vor ihrem Gesicht und streut weiter Körner aus.

»Haben Sie was dagegen, wenn ich Ihre Mistgabel mitnehme?«, fragt er Kati und denkt: Und wehe, wenn die auch gekärchert ist.

»Bedienen Sie sich«, antwortet Kati.

Wenig später umkreist der Kommissar langsam den Haufen aus verdrecktem Stroh. Leider steckt die Gabel mittendrin. Er steht da, wo die tote Hermine gelegen haben muss und sieht an sich hinunter. Die Jeans kann er waschen, aber die neuen Schuhe! Was, wenn sich die Schweinepisse in die Ledersohlen frisst? Von Kati Lenzen ist keine Hilfe zu erwarten. Sie hat die Arme über ihrer Latzhose verschränkt und sieht ihm mit unverhohlenem Amüsement zu. Soll er sie um ein paar Gummistiefel bitten?

Oder sie selbst auf den Misthaufen schicken? Beides widerstrebt ihm. Nein, es nützt alles nichts. Es quatscht, als er leise fluchend in den Mist tritt. Fliegen schwirren auf. Warum ist da so viel Flüssigkeit um den Haufen herum? Hat sie den Platz etwa auch gekärchert? Er erklimmt den Haufen, ergreift den hölzernen Stiel und zieht die Forke aus dem Haufen. Sie ist schmutzig, stellenweise rostig – und hat vier Zinken.

»Mist!«

»Was haben Sie denn erwartet?«

»Gibt es noch eine? Vielleicht für den Hühnerstall?«

Sie schüttelt den Kopf und lächelt. »Für den reicht ein Besen.«

Wenn sie lächelt, und sei es nur aus Schadenfreude, so wie jetzt, sieht sie sehr anziehend aus, registriert der Kommissar und steigt vom Misthaufen. Höchste Zeit, von hier zu verschwinden. Ihm ist, als könne er in Gegenwart dieser Frau keinen klaren Gedanken fassen. Beim letzten Schritt vom Misthaufen herunter spürt Seehafer einen Widerstand durch seine Schuhsohle. Gleichzeitig knirscht es. Etwas Silbriges liegt im Dreck: ein Fotohandy. Es ist ausgeschaltet.

»Ist das Ihres?«, fragt Seehafer.

»Nein. Ich habe so was nicht.«

Er steckt es ein.

»Behalten Sie sie«, sagt er und reicht Kati die Mistforke.

Sein Telefon klingelt. Der Hirsch.

»Bist du schon unterwegs?«

»Sozusagen, warum?«

»Vor mir steht Holger Tommsen. Seine Braut ist weg.«

Der Rückweg ist beschwerlich, denn die Sonne sticht erbarmungslos auf die lichten Stellen in Seehafers Haupthaar herunter. Er grübelt und analysiert. Diese blitzsaubere Schubkarre ist zweifellos verdächtig. Andererseits ist auf dem Hof alles sehr sauber. Frisches Stroh im Schweinestall, in der Küche blinkt die Spüle, der alte Trecker ist liebevoll gepflegt, und sogar die Schweine werden abgespritzt. Seehafer bleibt im Schatten eines Holunders abrupt stehen. Die Mistgabel! Die Mistgabel passt nicht nur nicht zur Leiche. Sie passt überhaupt nicht ins Bild: Sie ist rostig.

Angenommen, Jan Lemke hat sein Handy beim Diebstahl des Schweins verloren. Er kommt zurück, sucht danach und wird dabei von Kati Lenzen überrascht. Kati Lenzen ist intelligent genug, die Tatwaffe verschwinden zu lassen. Vielleicht liegt sie im Korn oder in einem der Rapsfelder? Oder sie steht hinter einer dieser Schrebergartenhütten? Ja, warum nicht Leiche und Tatwaffe in einem Aufwasch entsorgen? Frauen denken in solchen Dingen meist recht praktisch. Und weil ein Bauernhof ohne Mistgabel verdächtig ist, und sie sich außerdem denken kann, dass die Polizei bald nach einer solchen suchen wird, holt sie diese rostige Gabel aus irgendeinem Winkel – oder sie klaut eine aus den Schrebergärten – und steckt sie demonstrativ in ihren Misthaufen. Ja, das macht Sinn, findet Seehafer. Aber schon melden sich Zweifel: Würde sie selbst am Morgen nach der Tat die Polizei anrufen wegen ihres toten Schweins und die Ermittler damit quasi mit der Nase auf den Tatort stoßen? Ja. Denn nach dem Streit mit Jan auf der Hochzeit konnte sie sich leicht ausrechnen, dass die Polizei bald bei ihr auftauchen würde. Falls dieser Anruf überhaupt stattgefunden hat, das muss ja erst noch überprüft werden.

Seehafer tritt aus dem Schatten des Holunders und seufzt. So plausibel seine Theorie klingt – mit einer gekärcherten Schubkarre und einer rostigen Mistgabel kommt er bei keinem Staatsanwalt durch. Er braucht Beweise.

Am Löschteich stehen ein Dutzend Feuerwehrleute wichtig herum. Das Gewässer entleert sich noch immer, der Schlamm riecht modderig. Es wäre ja zu schön, wenn am Grund des Teichs … Seehafer verbietet sich solches Wunschdenken und telefoniert mit der Zentrale: Zwischen Teich und Lenzens Hof soll man bitte gründlich nach dreizinkigen Mistgabeln suchen. Und die Schubkarre muss abgeholt und zur kriminaltechnischen Untersuchung gebracht werden. Man weiß ja nie…

Es ist Mittagszeit, als Hauptkommissar Seehafer wieder im Goldenen Hirschen eintrifft. In der Gaststube sind zwei Tische besetzt. Die Gespräche verstummen, als er den Raum betritt. Aus der Küche riecht es jetzt leckerer als vorhin. Das wird an meinem Hunger liegen, denkt Seehafer. Zwei Brötchen halten nicht lange vor.

»Ihr Kollege ist im Jägerstübchen«, sagt eine junge Bedienung, die vorhin noch nicht da war.

Das Jägerstübchen macht seinem Namen Ehre: An den Wänden prangt Geweih und Gehörn zwischen präparierten Kleintieren. Dazwischen spielen sich Jagdszenen ab: Ein junger Mann, vermutlich dieser Holger Tommsen, ist im Begriff, Thomas Kotte an die Gurgel zu gehen. Markus Sand versucht, den Angreifer zu beschwichtigen und fängt sich dabei eine rechte Gerade ein, die ihn gegen einen der vier Eichentische schleudert. Er hält sich die Nase und sinkt jammernd auf einen Stuhl. Der Hirsch, eben noch unter dem ausladenden Kopfschmuck eines Sechzehnenders platziert, springt von der Bank auf. Er muss sich zwischen zwei Tischen durchquetschen, ehe er die Streitenden trennen kann. Das allerdings gelingt ihm rasch und nachhaltig: Kotte und Tommsen landen jeder in einer Ecke des Jägerstübchens.

»Mahlzeit, Kollege Hirsch. Ich sehe, es gibt zu tun«, bemerkt Seehafer beim Eintreten und stellt sich dem erbosten jungen Mann in den Weg, der erneut Kontakt zum Gegner sucht. Obwohl selbst athletisch gebaut und nicht gerade klein, kapituliert er vor Seehafers physischer Präsenz und bleibt schnaubend stehen.

»Ihr Mistkerle!«, schreit er über Seehafers Schulter. »Warum habt ihr das getan? Wenn der Tanja was passiert, dann Gnade euch Gott!« Holger Tommsen schüttelt die Faust in die Richtung seiner Kumpels.

»Und Sie setzen sich jetzt auf Ihren Pöter und halten den Mund«, herrscht Seehafer den jungen Heißsporn an. Der gehorcht prompt. In der anderen Ecke des Zimmers erhebt sich Thomas Kotte unter Flüchen in die Senkrechte.

»Sie und Ihr Kumpel warten beide draußen«, ordnet der Hirsch an. Auch das wird befolgt, sie ziehen ab. Markus hält sich ein Papiertaschentuch vor die Nase, aus der Blut quillt. Befehl und Gehorsam scheint man hier gewohnt zu sein.

Seehafer zieht sich einen Stuhl heran. »Holger Tommsen, nehme ich an?«

»Ja.«

»Ihre Braut ist verschwunden. Seit wann?«

»Seit gestern Nacht. So gegen zwei ist sie gegangen.«

»Wohin?«

»Das hat sie nicht gesagt.«

»Sind Sie ihr nicht gefolgt? Immerhin war es Ihre Hochzeitsnacht«, stichelt der Hirsch.

»Ich war so besoffen.« Die Glaubwürdigkeit dieser Aussage wird durch seine markante Fahne unterstrichen.

»Erzählen Sie bitte genau, was vorgefallen ist«, sagt Seehafer.

»Wir sind so gegen zwei von der Feier weg, nach Hause, zu uns, auf den Hof. Ich habe den ganzen Tag schon befürchtet, dass der Jan und die anderen irgendwas anstellen …«

»Was meinen Sie damit?«, unterbricht Seehafer.

»Das ist so Brauch. Ein Hochzeitsstreich. Das Bett ansägen, mit Wasser gefüllte Luftballons im Zimmer verteilen, solche Sachen eben. Es gab auch schon mal eine Fuhre Mist in der Badewanne. Aber das …«

Die Bedienung kommt herein und bringt zwei Gläser Cola. Seehafer bestellt Wasser. Holger Tommsen leert sein Glas in einem Zug, ehe er weiterspricht: »Wissen Sie, die Tanja, die ist nicht so ein … wie soll ich sagen … sie sieht nicht aus wie ein Model. Sie ist ein kräftiger Typ mit einem runden Gesicht, das manchmal so rote Flecken hat. Deshalb hatte sie diesen Spitznamen: *pig face*. Und Jan, der gemeine Hund – Verzeihung, aber es stimmt, auch wenn er jetzt tot ist –, der Jan hat sie immer damit geärgert.«

»Mochte er Ihre Braut nicht?«

»Er mochte nicht, dass ich heirate. Wir haben vor vielen Jahren mal diesen dämlichen Club der Junggesellen gegründet. Haben uns geschworen, nie zu heiraten.«

»Wie viele Gründungsmitglieder hatte denn der Club?«, will Seehafer wissen.

»Acht. Immer, wenn einer dann doch geheiratet hat, nannte Jan ihn einen Verräter. Er hat diese Sache viel zu ernst genommen. Wollte nicht begreifen, dass man trotzdem noch befreundet sein kann.«

»Ich verstehe. Und was hatten Ihre Freunde nun angestellt?«

»Im Schlafzimmer, auf dem Bett, hat eine tote Sau gelegen. Sie hatte ein geblümtes Nachthemd an und eine durchsichtige Gardine auf dem Kopf.«

Holger schluckt und presst die fleischigen Lippen aufeinander. Der Hirsch und Seehafer tauschen einen Blick. War das so etwas wie ein Schluchzen, was da gerade aus Tommsens Kehle aufgestiegen ist?

»Und dann habe ich etwas gemacht, was ich mir nie verzeihen werde.« Holgers Stimme ist nun ganz klein und leise. »Ich war so besoffen, und es sah so komisch aus, das Schwein mit dem Nachthemd und der Tüllgardine … Da musste ich lachen. Ich konnte nicht anders, ich musste einfach lachen. Da hat mich die Tanja so komisch angesehen, so ganz kalt, so hat sie mich noch nie angesehen. Dann ist sie rausgegangen. Einfach so, ohne Türenknallen. Mein Gott, wenn die sich was antut!«

Er schüttelt mit dem Kopf, was ihm nicht bekommt, denn er drückt seine massigen Fäuste gegen die Schläfen, ehe er fortfährt: »In meinem Suff habe ich gedacht: Die kommt gleich wieder. Wo soll sie denn auch hin, mitten in der Nacht? Ich habe das Schwein aus dem Bett gezerrt und es in den Hof geschafft. Dann habe ich mich hingelegt und auf sie gewartet. Da muss ich dann eingeschlafen sein. Heute Morgen um sieben war sie immer noch weg.«

»Und dann?«, fragt Seehafer.

»Dann habe ich sie gesucht und überall rumtelefoniert. Dabei habe ich das von Jan gehört, von meinem Vater.«

»Was ist mit Freundinnen oder anderen Verwandten?«

Holger bewegt langsam den Kopf hin und her. »Nichts.«

Die Bedienung bringt Seehafer sein Wasser. Während er eingießt und trinkt, fragt der Hirsch: »Exfreunde?«

»Nein. Ans Handy geht sie auch nicht.«

»Sie hatte ihr Brautkleid an, als sie ging?«

»Ja. Aber ihre Mutter meint, sie muss nachts noch einmal in ihrem Zimmer gewesen sein. Das Brautkleid liegt da und es fehlen ein paar von ihren Klamotten und die Handtasche. Ihre Mutter sagt, sie hätte im Halbschlaf das Türschloss gehört.«

»Hat sie ein Auto?«

»Nein.«

Seehafer fragt nach der Adresse von Tanjas Eltern und notiert sie.

»Wie alt ist Ihre Braut?«

»Zweiundzwanzig.«

»Wie ist sie – so vom Temperament her?«

»Wie meinen Sie das?«

»Neigt sie zum Jähzorn? Ist sie impulsiv?«

»Nein, gar nicht. Tanja ist eher so eine Ruhige. Aber Sie glauben doch nicht, dass sie…?«

»Konnte sie Ihren Freund Jan Lemke eigentlich leiden?«

»Seltsamerweise ja. Obwohl er von Anfang an fies zu ihr war.«

»Wann haben Sie Jan Lemke zum letzten Mal gesehen?«

»Ich? Gestern, während der Hochzeit. Aber die sind früh weg, die drei. Klar, mussten ja auch noch die Sau ranschaffen.« Schon kommt die Wut wieder hoch, und sein Hals rötet sich von unten herauf.

»Es ist vermutlich Kati Lenzens Tier«, wirft Seehafer ein.

Holger nickt. »Klar. Die hat als Einzige Rotbunte Husumer. Hat ja auch genug Theater gemacht wegen der toten Sau. Ohne die wären Jan und die anderen wahrscheinlich gar nicht auf so eine Idee gekommen.«

Ansscheinend, so registriert Seehafer, findet man hier

rasch einen Grund, um Kati Lenzen für alle Übel verantwortlich zu machen. Sie scheint der Sündenbock des Ortes zu sein. Die Dorfhexe, wie es der Hirsch heute Morgen so treffend formuliert hat.

»Wo ist das Schwein jetzt?«

»Bei uns im Hof.«

Seehafer entlässt den Bräutigam mit den Worten: »Wir leiten das weiter an die Vermisstenstelle. Ich bin sicher, Ihre Braut taucht wieder auf, sobald sie sich beruhigt hat.«

»Ich hätte nicht lachen dürfen«, erkennt Holger.

»Richtig«, bestätigt der Kommissar, und Holger Tommsen trottet aus dem Zimmer.

»Wie war es bei der Lenzen?«, will der Hirsch wissen.

Seehafer setzt seinen Kollegen ins Bild. Auch über seine Theorie von der rostigen Mistgabel. Der Hirsch stößt einen Pfiff aus. »Und was jetzt?«

»Jetzt möchte ich noch mal mit Kotte und Sand reden.«

Zerknirscht nehmen der Quadratschädel und das Pferdegesicht vor Seehafer Aufstellung. Zwei Schüler, die zum Direktor gerufen werden.

»Setzen Sie sich«, knurrt Seehafer.

»Es tut uns leid, das mit dem Schwein ...«, beginnt Markus, aber der Kommissar fährt ihm sofort über den Mund: »Entschuldigen können Sie sich woanders. Sie hätten uns viel Zeit erspart, wenn Sie diese originelle Tat gleich gebeichtet hätten.«

Synchrones Nicken. Seehafer zeigt den beiden das kaputte Handy. Thomas Kotte erkennt es. »Das gehört Jan. Er muss es verloren haben, als wir das Schwein aufgeladen haben.«

»Woher kam die Schubkarre?«

»Von unserem Hof«, sagt Thomas und murmelt: »Das Nachthemd auch, und die Gardine.«

»Sie sind also zu dritt mit der Schubkarre zu Lenzens Hof, haben das tote Schwein gestohlen, es mit der Karre zum Hof der Tommsens transportiert und dort im Schlafzimmer drapiert?«

»Ja. Jan hatte die Schlüssel.«

»Wie spät war es da?«

»Um Viertel nach eins waren wir fertig. Wir mussten uns ja beeilen, Holger und Tanja konnten doch jeden Moment kommen.«

Das deckt sich mit den Angaben der Zeugin, erinnert sich Seehafer.

»Zum Schluss wollte Jan ein Foto machen, von dem Schwein im Bett«, erzählt Markus Sand und wird dabei rot. »Dabei hat er gemerkt, dass sein Handy weg ist. Er hat gesagt, er geht es holen. Wir haben gefragt, ob wir mitkommen sollen, aber er meinte, er würde es schon allein finden.«

»Wo haben Sie sich getrennt?«

»Ich bin von Tommsens Hof direkt nach Hause. Ich hatte ja die Schubkarre. Die habe ich bei uns im Hof abgestellt, und dann bin ich schlafen gegangen«, versichert Thomas Kotte.

»Gibt's dafür Zeugen?«

»Nein. Meine Eltern waren noch auf der Feier.«

»Und Sie, Herr Sand?«

»Vor der Kirche haben Jan und ich uns verabschiedet«, antwortet Markus. »Jan ist in Richtung Lenzens Hof gegangen, ich bin die Straße runter nach Hause. Um halb zwei war ich im Bett.«

»Kann das jemand bezeugen?«

»Meine Mutter war noch nicht zu Hause«, antwortet Markus Sand erschrocken.

»Sie waren demnach der Letzte, der Jan Lemke lebend gesehen hat.«

»Bis auf seinen Mörder.«

Seehafer beendet die Befragung und schickt die beiden hinaus.

Er schiebt seine Brille hoch und fährt sich mit beiden Händen über die müden Augen. Gesicht, Hände, alles fühlt sich klebrig an.

»Mensch, hab ich einen Hunger!«, stöhnt der Hirsch und ruft nach der Bedienung.

Sie bestellen. Seehafer geht zur Toilette und wäscht sich mit kaltem Wasser. Er sieht sich den Hinterhof an, wo der Streit zwischen Jan und Kati eskaliert ist. Die platte Volksweisheit »Was sich liebt, das neckt sich« kommt ihm in den Sinn.

Als er zurückkommt, steht das Essen schon da. Jürgen Hirschs Jägerschnitzel nimmt die halbe Tischplatte ein. Aber auch der Salat mit Hähnchenbrustfilet könnte eine Kleinfamilie satt machen.

Eine Weile essen sie stumm. Die Pilzsoße auf Hirschs Schnitzel verbreitet einen unangenehmen Geruch, aber Seehafers Salat schmeckt akzeptabel.

»Wir haben also eine ganze Reihe von Verdächtigen«, stellt der Hirsch fest, nachdem er den riesigen Fleischlappen in Rekordzeit verschlungen hat.

»Mhm«, bestätigt Seehafer mit vollem Mund.

»Eine gedemütigte Braut ...«

»Die zufällig eine Mistgabel dabei hat ...«, spöttelt Seehafer.

»Vielleicht passierte es direkt auf dem Hof der Tommsens. Da ist die Mistgabel nicht weit weg. Sie soll ja ein kräftiges Mädchen sein, was man so hört.«

»Warum sollte sich der Lemke so spät noch auf Tommsens Hof herumtreiben?«

»Um zu horchen, wie sein Streich aufgenommen wird«,

schlägt der Hirsch vor und fügt hinzu: »Außerdem sind gekränkte Frauen zu allem fähig.«

»Gekränkte Männer nicht?«, fragt Seehafer. »Der Tommsen hatte allen Grund, wütend auf seinen Kumpel zu sein. Vielleicht war er ja gar nicht so besoffen, wie er behauptet.«

»Jan Lemke kommt gerade von Lenzens Hof zurück, wo er sein Handy gesucht hat«, spinnt der Hirsch den Gedanken weiter. »Er trifft auf Tommsen, der seine Braut sucht und stinkwütend auf ihn ist.«

»Das Handy lag aber neben Kati Lenzens Misthaufen«, gibt Seehafer zu bedenken.

»Vielleicht hat er es in der Dunkelheit nicht gefunden.«

»Mhm«, knurrt Seehafer wieder. Natürlich weiß er, dass man diese Theorien im Auge behalten muss. Aber er hat schon eine ganze Weile dieses Gefühl. Es ist vergleichbar mit dem sicheren Instinkt eines Jagdhundes, der die richtige Fährte aufgenommen hat, und sich ab jetzt von keiner anderen, noch so verführerischen Spur, die diese Fährte kreuzt, verleiten lässt. Dieses Gefühl sagt ihm, dass der Mord auf Kati Lenzens Hof geschah.

»Oder ein ganz anderes Szenario …«, spekuliert der Hirsch weiter, »… unsere drei Freunde haben Streit bekommen … zumindest zwei von ihnen. Sie waren immerhin bekifft und dazu wahrscheinlich voll wie tausend Russen.«

Seehafer setzt sein Wasserglas so unsanft ab, dass der halbe Inhalt auf das jagdgrüne Tischtuch schwappt.

»Was ist?«, fragt der Hirsch.

»Ich bin ein Idiot!«

»Wenn du meinst.«

»Los, komm mit«, sagt er und springt auf.

»Dein Salat?«

»Geschenkt.«

Als sie den Gasthof verlassen, biegt ein Streifenwagen auf den Parkplatz. Zwei Polizisten steigen aus. Den älteren kennt Seehafer schon von heute Morgen. »Mahlzeit, Herr Hauptkommissar. Wir fangen gleich an mit dem Durchkämmen der Schrebergärten. Wollen nur rasch 'ne Kleinigkeit essen.«

»Das Jägerschnitzel ist zu empfehlen«, sagt Seehafer. »Waren Sie schon bei Frau Lenzen, die Schubkarre abholen?«

»Äh, nein, das wollten wir dann auch gleich ...«

»Schon gut. Ich mache das selbst.«

»Sie schon wieder«, begrüßt ihn Kati Lenzen.

»Frau Lenzen, das ist mein Kollege, Oberkommissar Jürgen Hirsch. Wir müssen leider Ihre Schubkarre mitnehmen.«

Der Hirsch gibt Kati die rechte Hand. In der Linken hält er ein Stoffbündel.

»Wir haben übrigens eine Verdächtige«, berichtet Seehafer, während er hinter ihr her läuft, gefolgt vom Hirsch.

»Mich?«

»Tanja, die Braut. Sie ist seit gestern Nacht spurlos verschwunden.«

Kati bleibt stehen und dreht sich zu ihm um. »Wieso ist sie deshalb verdächtig?«, ereifert sie sich. »Vielleicht ist ihr etwas zugestoßen. Schon mal daran gedacht?«

»Sie hatte gute Gründe, auf Jan Lemke wütend zu sein.« Er erzählt ihr in dürren Worten von dem Streich und fügt hinzu: »Ihr Schwein Hermine befindet sich auf Tommsens Hof.«

»Ah«, macht Kati nur, dann, im Weitergehen, verengen sich ihre Augen. »Diese Mistkerle! Und da wundern Sie sich, dass Tanja weg ist?«

Die Schubkarre steht noch am selben Platz, beim Hühnerstall, aber Seehafers Interesse daran hält sich in Grenzen.

»Wo ist denn Ihre Tante?« Vielleicht war sein Tonfall eine Spur zu harmlos.

»Was wollen Sie denn von ihr?«, fragt Kati misstrauisch.

»Mir ist eingefallen, dass ich sie noch gar nicht gefragt habe, ob ihr in der Nacht etwas aufgefallen ist.«

»Ich bitte Sie! Tante Lina kann diese Nacht nicht von der Reichskristallnacht unterscheiden, was sollte ihre Aussage denn bringen?«

Der Hirsch stößt Seehafer unbemerkt an und deutet mit den Augen hinüber zu den Obstbäumen. Die Gesuchte steht vor einem Hackstock und sägt lange, dürre Äste in kleine Stücke, die sie sorgfältig in eine Holzkiste schichtet.

»Jürgen, sei so gut und hol die alte Dame mal her«, sagt Seehafer katzenfreundlich.

»Das mache ich schon«, sagt Kati Lenzen hastig, aber Jürgen Hirsch ist schon unterwegs und bahnt sich seinen Weg zwischen aufflatternden Hühnern hindurch. Seehafer stellt sich Kati Lenzen in den Weg.

»Lassen Sie das ruhig mal meinen Kollegen machen. Der kann gut mit älteren Damen.«

Jürgen Hirsch nähert sich der Frau. Im Gehen entrollt er das Bündel, das er die ganze Zeit unter dem Arm getragen hat. Die Uniformjacke des Kollegen von der Streife ist ihm zu lang und zu weit, aber er hat ja nicht vor, sie lange zu tragen.

Er nähert sich Tante Lina und räuspert sich. »Guten Tag, ich wollte …«

Die alte Frau hält in ihrer Bewegung inne. Sekundenlang steht sie regungslos da. Ihre hellen Augen sind auf ihn gerichtet und ihr Mund steht offen, erstarrt zu einem stummen Schrei. Der Hirsch macht einen Schritt auf sie zu.

»Da, du gottverdammter Russe!« Mit dem Fuchsschwanz als Schwert stürzt sie sich auf den Feind. Der Hirsch kontert den Angriff geschickt, die Säge fliegt durch den Garten. Dann aber hat er doch erhebliche Mühe, die tobende alte Frau zu bändigen, ohne ihr dabei die Knochen zu brechen. Erst durch das Auftauchen von Kati lässt sie sich beruhigen.

»Ist alles gut, Tante Lina. Das sind keine Russen, das sind Polizisten. Komm, ich bringe dich ins Haus.«

Mit einem bösen Blick auf Seehafer und den Hirsch führt Kati die alte Frau davon.

Der Hirsch schält sich aus der Uniformjacke. »Immer kriege ich die miesen Jobs.«

»Sei doch froh, dass es nur eine Säge war, und keine Mistgabel«, antwortet Seehafer.

Montag

Kati Lenzen sitzt mit angezogenen Knien auf einer Bank unter den Obstbäumen und sieht ihren Schweinen zu, die müßig den Boden umwühlen oder sich in der Schlammpfütze die Bäuche kühlen.

»Normalerweise schließe ich Tante Lina nachts ein, aber sie muss die Tür aufgebrochen haben. Das Schloss war hinüber. Ich bin aufgewacht und hörte Geschrei von draußen. Als ich hinter den Stall kam, stand Jan Lemke da, mit der Mistgabel in seinem Bauch, und Tante Lina davor, im Nachthemd. Sie hielt den Stiel in den Händen und hat immerzu gebrüllt: »Da hast du, was du verdienst, du verdammte Russenbestie.« Ich habe sie weggerissen, und dann ist der Jan auch schon hingestürzt. Die Gabel steckte noch. Er hat ein paar Mal geröchelt und einen Schwall Blut gespuckt. Dann war er tot.«

»Und Sie haben die Leiche mit der Schubkarre zum Teich gefahren und die Mistgabel verschwinden lassen«, sagt Lars Seehafer, der neben ihr sitzt und Fliegen verscheucht.

Sie zuckt mit den Achseln. »Ich kann doch nicht zulassen, dass Tante Lina in die Psychiatrie kommt. Was soll sie da? Ihr Platz ist hier. Hier ist sie glücklich. Hier hat sie Arbeit. Ich brauche sie und sie braucht mich.«

»Und was ist, wenn zufällig mal der Postbote auf den Hof kommt?«

»Ich pass schon auf sie auf.«

»Solche Krankheiten werden nicht besser«, gibt Seehafer zu bedenken.

Was mit der Tante geschieht, wird Kati Lenzen nicht zu entscheiden haben. Er ist sich nicht sicher, ob das gut ist oder schlecht.

Kati schlägt mit der Faust auf die Armlehne der Bank: »Und das alles nur, weil dieser Unglücksmensch erst mein Schwein umbringt und dann mitten in der Nacht in seiner Uniform hier aufkreuzt. Er hatte hier nichts zu suchen, verdammt.«

Sie vergräbt ihr Gesicht zwischen den Knien und schluchzt in ihren weiten Rock.

Seehafer legt seine Hand zwischen ihre Schultern. Ihr Körper fühlt sich warm und zerbrechlich an. Wie ein junger Vogel.

Dem Obduktionsbericht nach muss ziemlich viel Blut geflossen sein. Noch gestern haben die Männer von der Spurensicherung den Hof gründlich abgesucht. In den Pflasterritzen in der Nähe des Misthaufens fand man Blutspuren. Der komplette Laborbericht liegt noch nicht vor, aber Seehafer ahnt, was dabei herauskommen wird.

Ronaldinho nähert sich, Seehafer nimmt seine Hand von Kati und tätschelt das Schwein zwischen den langen, wackelnden Ohren. Es schnüffelt an seiner Tasche und trollt sich wieder.

Kati hebt den Kopf, wischt sich das Wasser aus den Augen und sagt: »Ich werde aufhören damit.«

»Womit?«, fragt der Kommissar.

»Ich schlachte kein Schwein mehr. Ich ertrage es nicht mehr, das Blut, das Töten.«

»Das ist gut.«

Ein gelassenes Schweigen breitet sich zwischen ihnen aus. Die erste Grille des Sommers zirpt. Ein schöner Moment. Sogar die Fliegen geben Ruhe.

»Werden Sie mich besuchen?«

»Keine Angst, Sie kommen schon nicht ins Gefängnis.«

Aus ihrer Kehle steigt ein warmes, glucksendes Lachen auf. Seehafer ringt nach Luft. Ihre Blicke treffen sich über Seehafers Brille hinweg, und er spürt eine seltsame Wärme in seinem Inneren.

»Ich meinte, hier. Mich und die Schweine.«

»Schon möglich«, sagt er und lächelt. Dann schließt er die Augen, hält ihre Hand und lässt sich die Frühlingssonne aufs Gesicht scheinen.

Lieber Holger,
es tut mir leid, dass ich Dir erst heute schreibe. Es war so viel los die letzten Tage. Ich bin von Hannover nach London geflogen und habe zum Glück noch eine Karte für das Robbie-Williams-Konzert bekommen. Es war wunderbar, man kann es gar nicht beschreiben. Es war das Schönste, was ich bis jetzt erlebt habe. Ich habe beim Konzert einen Iren getroffen. Er heißt Shawn und wohnt in Galway. Das liegt am Meer. Ich muss dir leider sagen, dass ich mit ihm die Ehe gebrochen habe. Er hat Sommersprossen und ganz rotes Haar. Er ist sehr lustig und lieb. Und ein Robbie-Fan. Ich werde hier bleiben. Ich habe eine Stelle als Au-pair bei einer Familie mit drei Kindern gefunden. Irland ist schön. Es gibt hier Schafe, keine Schweine. Am besten, wir lassen uns so schnell wie möglich scheiden. Ich habe Dich wirklich gern gehabt, aber ich passe nicht zu Dir. Ich wünsche Dir alles Gute.

Deine Tanja